捧 读

触及身心的阅读

THE JOURNEY TO THE WEST

③ 盘丝洞谋杀案

陈一多 著
By Chen Yiduo

贵州出版集团
贵州人民出版社

图书在版编目（CIP）数据

西游密档.3，盘丝洞谋杀案 / 陈一多著. -- 贵阳：贵州人民出版社，2024.6

ISBN 978-7-221-18288-3

Ⅰ.①西… Ⅱ.①陈… Ⅲ.①长篇小说–中国–当代 Ⅳ.①I247.5

中国国家版本馆CIP数据核字(2024)第073249号

XIYOU MIDANG3·PANSIDONG MOUSHAAN

西游密档3·盘丝洞谋杀案

陈一多 著

出 版 人	朱文迅
策划编辑	张进步
责任编辑	徐楚韵
装帧设计	莫意闲书装
责任印制	刘洪鑫
出版发行	贵州出版集团　　贵州人民出版社
地　　址	贵阳市观山湖区中天会展城会展东路SOHO公寓A座
印　　刷	宝蕾元仁浩（天津）印刷有限公司
版　　次	2024年6月第1版
印　　次	2024年6月第1次印刷
开　　本	880毫米×1230毫米　　1/32
印　　张	8
字　　数	201千字
书　　号	ISBN 978-7-221-18288-3
定　　价	36.80元

如发现图书印装质量问题，请与印刷厂联系调换；版权所有，翻版必究；未经许可，不得

目　录

第一章
· 朱粉蕊的疑惑 ·
-001-

第二章
· 二探盘丝洞 ·
-009-

第三章
· 可怜的八戒 ·
-023-

第四章
· 出洞 ·
-033-

第五章
· 兔子兄弟 ·
-041-

第六章
· 时间乱流 ·
-051-

第七章
· 以身饲你 ·
-061-

第八章
· 阿娇是什么 ·
-073-

第九章
· 舌头上的眼睛 ·
-081-

第十章
· 沙僧逛街 ·
-091-

第十一章

·失踪的真相·

-101-

第十二章

·兔子的宝贝·

-111-

第十三章

·妖怪开会·

-125-

第十四章

·八戒的春天·

-139-

第十五章

·三藏的佛法·

-153-

第十六章

·杠精·

-161-

第十七章

·嫁梦·

-173-

第十八章

·远古梦境·

-183-

第十九章

·小白龙之死·

-195-

第二十章

·打锅匠·

-209-

第二十一章

·月亮里的那个人·

-217-

第二十二章

·都死了·

-229-

第二十三章

·惊人的猜想·

-239-

第二十四章

·另一个悟空·

-247-

第一章

朱粉蕊的疑惑

朱粉蕊午后路过阿娇的房间，不小心听了一耳朵，结果把心情搞得极坏。早在几天前，朱粉蕊就曾跟大姐建议赶走阿娇。

"一定要把这颗'毒瘤'给挖掉！太糟心了，我看见院里几个小娘都被气得躲起来偷偷地哭！这就是个不安定因素啊！"朱粉蕊把右手捏成拳头，在左手的掌心捶了几下。

"别瞎说，你个小孩子懂什么？"大姐当时就这么一句话把她糊弄过去了。

朱粉蕊非常生气，因为不光大姐，所有的姐姐——甚至比她大不了太多的朱黄翠——都经常跟她说类似的话。

"别跟着瞎忙活！"

"走开，走开，你懂什么？"

"别跟着添乱！"

"说了你也不懂，你太小了……"

"谁比谁小多少啊？为什么朱黄翠就能独当一面？而且我的年龄比院里那些小娘大多了，如果按照人类的年龄来算的话，应该都是老太婆了吧。"朱粉蕊一边愤愤地想着，一边把粉色的纱裙卷了卷缠在腰上，露出下面的过膝牛仔裤。接着她在牛仔裤口袋里摸了半天，摸出来一包烟。烟盒摸起来比较瘪，她打开看了看，里面只剩两根了。

朱粉蕊难得地叹了口气。自从上次跟悟空在大排档"大杀四方"后，镇上那群朋友就特别崇拜她。于是她一高兴，接下来的两三天，天天都跑出去请姐妹们和小兄弟们吃饭、喝酒、唱歌。

结果这样的日子过了没两天,她就不得不老老实实在家待着了,因为她突然发现自己连买烟的钱都没了。

濯垢泉可能只有自己缺钱吧。大姐对院里的人一直都很好,就连厨房洗菜工的工资都很高。只有自己每个月就那么点钱,而且还十天一给!

朱粉蕊一脚把路边的一块石头踢得蹦蹦跳跳地滚远了。

"要不找干儿子们借点钱?"朱粉蕊刚想到这点,又马上放弃了这个想法。七个干儿子加在一起估计都凑不出十块钱,因为这七个小家伙是标准的窝里横,只敢在院子里到处乱跑。院里的吃穿用度又都不花钱,除了客人的东西,院里的东西他们想要就自己拿,所以他们不需要钱,也就拿不出多少钱。

"真倒霉!"朱粉蕊低着头,一边想一边用空着的手无意识地攥着缠在腰上的纱裙来回地拧,纱裙都快要拧破了。

朱粉蕊当然有过钱花不完的时候。那时几个姐姐都在忙着打理院里的生意,没时间陪她,所以给的钱就多——直到发生了那件倒霉的事情。

"那能怪我吗?"朱粉蕊又愤愤不平地想,"我又不知道!"

接着又一脚,把刚才踢出去的那块石头又踢远了些,小羊皮的皮鞋尖上划痕累累。

那是一个外地小妖,长得很猥琐,记不得是哪个朋友带到圈子里来的了。在镇上唱歌的时候,他说给兄弟们带来了些稀罕的东西——来自昆仑丘的蘋(pín)草。看着就是一小把干草叶子,说是插在香烟里抽了之后就能无忧无虑,特别快活。

朱粉蕊本来是拒绝的,但那小妖说昆仑丘是天帝在下界的都邑,这座山上长的东西都是好东西,没坏处,于是朱粉蕊半信半疑地就抽了些。确实,抽了后她就特别开心,也不知道为什么。

一开始小妖请大家抽,后来就开始卖钱了。朱粉蕊那时不缺钱,因此也不在乎,不光自己抽,她还自掏腰包请朋友们一起抽后来她的三个人类朋友一起来玩,她也请他们抽加了这种草的烟,结果那三个人类抽完就都口吐白沫倒地,最后七窍流血死了。

而那个小妖并不是很在乎。

"啊?人类啊?你太糟蹋东西了,这东西他们抽不了……"

那小妖大大咧咧的没当回事,朱粉蕊却吓得清醒了过来。她不敢隐瞒,偷偷出来打电话告诉了大姐。因为死去的三个人姐姐们都认识,瞒肯定是瞒不过去的。

那是朱粉蕊第一次见到大姐那么生气,而且也是她第一次亲眼见到大姐杀人。那只小妖见情况不对就想逃,却一头撞进了大姐随手拉出的网里,然后直接被蛛网勒死了,原形都没来得及现出来。

朱粉蕊吓得脸色惨白。大姐检查了那些草叶后,发现那根本不是什么蘡草,而是牛首山的鬼草!鬼草确实能让人忘忧,但也会让人上瘾。更可怕的是,里面还混杂了姑瑶山的䔲(yáo)草,而䔲草的功效是"服之,媚于人"!

"要是抽多了,你不但会被这只小妖随意摆布,而且还会千方百计、不顾一切地讨好他!太歹毒了!"因为后怕,大姐的脸也有点白了。"因为你是妖怪,所以他给你下的量特别大,那三个人类是受不了这么大剂量被毒死的!"

朱粉蕊当时吓得都快哭了,光是想想自己讨好那只猥琐小妖的样子,她就受不了,更何况大姐还说是"千方百计、不顾一切"。作为濯垢泉的人,她当然知道什么是"千方百计、不顾一切"——院里有那种有心计的小娘,一心想傍个大人物,她们做出来的那些事有时她也会不小心听到,光听听她就恶心到极点了。

从那以后,朱粉蕊不缺钱花的好日子就结束了。

朱粉蕊捏着那包瘪瘪的烟走到了濯垢泉后山的一座假山下。这座假山很高,爬到山顶可以看到濯垢泉里的院子,但从濯垢泉里却不太容易看到山顶，上面很隐蔽。山上用石头搭了三张石凳，心烦的时候，朱粉蕊就会躲到这里来抽烟。

她顺着假山的台阶爬上去，一抬头，看见悟空居然在上面，他正蹲在一张石凳上吞云吐雾。

想独处时被打扰，就算这个人是悟空，朱粉蕊心里也不痛快。她忍不住挑了挑眉，但最终还是没说什么，默默占据了另外一张石凳，摸出一根烟塞在嘴里，然后伸手去摸打火机……又没带！

朱粉蕊有点不好意思地看向悟空，刚抬头就见一个东西飞了过来，伸手接过来一瞧，正是一个打火机。

"谢谢。"

朱粉蕊谢过悟空后，"锵"一声把香烟点着了，抽了一口，然后随手把玩起手上这个沉甸甸的金属打火机。

镀银的"朗声"打火机，朱粉蕊听说过，是那个爱掐人屁股的小黑在掐过悟空屁股后，作为赔礼送给悟空的。这事儿在院子里传开后，大家都很惊讶，那个戴黑毛线帽的小矮子居然胆子那么大。

不过手上的这个打火机……好旧啊，暗红色的漆皮已经斑驳，银色的机身上也全部都是划痕……

朱粉蕊皱了皱眉头，感到有点奇怪，悟空拿到这个打火机应该时间不长，怎么都这么旧了？正想再看两眼，余光却瞥见悟空在跟她招手，于是她随手就把打火机扔回去了。

这会儿已是仲夏，知了在树上叫个不停，在空气里形成了一种白噪声，朱粉蕊不知道别人能不能听见。假山上种了些不太高的杂树，倒也可以挡住午后四点斜射的阳光，阳光透过树叶的缝隙，在假山顶上的小石坪上投射出一个个轻轻晃动的圆斑。空气很干燥，深吸一口气，能闻到植物那种青苦的涩味。

朱粉蕊低着头，学着悟空把两条腿收起来，用手撑了一下，也蹲在石凳上，然后用一只手抱着膝盖，另一只手把烟送到嘴边，慢慢地吸了一口。

随着烟草细微的燃烧声,醇厚但有点辛辣的烟涌进了口腔,然后又进了肺部,再从鼻子喷出来。朱粉蕊用拿着烟的那只手的小指挠了挠眼角,怔怔地看着一只爬上石凳的呆头呆脑的大蚂蚁。那只蚂蚁用触须四处试探着,小心翼翼地往前走。

气温已经上来了,她能感觉到脖子后面有汗珠在缓缓地流下。后背的纱衣已经有些湿了,贴在身上很不舒服。皮鞋也该换了,早上姐姐拿了凉鞋来,自己赌气没有换,这会儿有点后悔。想到这儿,朱粉蕊一边用手无意识地摸着皮鞋前面因为踢石子而形成的一道道的划痕,用手感受着那些凹凸,一边默默地发呆,几乎忘了边上还有个悟空。

也不知过了多久,一根烟快要抽完了,朱粉蕊才想起边上还有个悟空,如梦方醒地看过去,却发现悟空目光深沉地看着她。他手上已经不知是第几根烟了,地上已经扔了好几个烟头。朱粉蕊皱了皱眉,四下看了下,确定悟空是在看着她。然而这时悟空已经移开目光,抬头长长地吐出一口烟雾,然后又把烟送到嘴边。

朱粉蕊觉得今天的悟空似乎有点不一样,但哪里不一样又说不上来,于是又细细打量了一番。他依旧是看起来有点疲惫的那种神情,依旧是有些掉毛的虎皮裙……但以前那种无论何时都掩藏得很好的、有点小心翼翼的感觉没有了,取而代之的是一股浑不吝的味道。朱粉蕊觉得在浑不吝中似乎还有一点伤感。

朱粉蕊一边观察着一边想:"大圣到底是啥情况?"

突然,朱粉蕊瞥见悟空左手的无名指上有一抹粉红色,她努力看了半天才看清,那居然是一枚戒指!

"哎,大圣,您什么时候戴了个戒指啊,哎哟,还是粉色的呢!给我看看,给我看看!"

朱粉蕊跳下石凳,往悟空身边走去。她对粉色东西没什么抵抗力,见到了就想拿到手上端详一下。

悟空面无表情地看了她一眼，把手上的戒指取了下来，然后塞到虎皮裙里去了。

"喊……小气！"朱粉蕊悻悻地叹了口气，然后又一屁股坐回石凳上，伸长了双腿，也不管刚在上面踩过，会弄脏裙子。

沉默了一会儿，朱粉蕊忽然兴奋地说："大圣啊，上次你真是威猛啊！我本来第一次见你的时候，以为你毕竟老了，要变成个妖怪老头儿了，没想你喝酒还是那么厉害，喝趴下那么多妖，打遍全场无敌手啊！那气概，真心没的说！就是我怎么也没想到，哈哈哈哈……后来你会跟大先生……"

朱粉蕊的声音戛然而止，因为她看见了悟空的眼神，明白自己要是把话说完就会被这只不讲道理的猴子灭口。朱粉蕊撇了撇嘴，无聊地用脚拨弄着地上的小石头。

"心弦练得怎么样了？"悟空突然问道。

"啊？你怎么知道的？"朱粉蕊大吃一惊。

心弦，名字叫得文雅，其实是蜘蛛七姐妹非常毒辣的一招。她们可以炼化自己的一缕极其纤细的蛛丝，战斗的时候能刺入敌人身体，在敌人体内，这缕蛛丝会继续分裂成更细的蛛丝。初级的心弦可以顺着血液侵入敌人心脏，掌握对方的生死；而高级的心弦可以侵入敌人的中枢神经，控制对方大脑内的神经递质，从而影响敌人的情绪，甚至控制敌人的行动，把敌人变成真正的提线木偶——蜘蛛精们把这一招叫作弹奏心弦。

"你们那点小秘密还需要查吗？"

朱粉蕊感觉到对话要往被姐姐们考校功课的那种气氛靠近了，但是自己又没办法挣扎出来，只好用小指挠了挠脸颊，说："这招难呢，我知道大姐好像练成了一点，其他几个姐妹好像还都没练成呢，我……我……"

"所以你觉得别人都练不成，你就有理由偷懒了？"

朱粉蕊翻了翻白眼，心想：谁来考校自己功课也轮不到这只猴子啊。

　　"哎，我姐姐好像要找我呢。大圣，您在这里慢慢抽啊，我先走了……"

　　朱粉蕊站起来，抓着缠在腰上的粉色纱裙，三步并作两步地落荒而逃。在她身后，悟空一动不动，默默注视着朱粉蕊的背影消失在山脚。

第二章

二探盘丝洞

吃过早饭,在去如锦院开会的路上,大先生碰见了悟空。

"大圣爷爷,大圣爷爷,是去开会吗?"大先生嘴里喊着,一边转着手里的两个核桃,一边小跑地靠过来。

悟空回头看了眼,点了点头。

大先生靠近后,见四周无人,凑到悟空身边小声地说:"大圣,其实我有一个办法,立刻就能让做这个局的人现形。"

"哦?"悟空饶有兴趣地问,"什么办法?"

大先生说:"前天我回去后和小黑他们仔细分析了一遍,我们发现这个人不管做的是什么局,濯垢泉都一定是里面的一颗棋子,而且是非常重要的一颗!"大先生又四下看看,然后凑到悟空的耳朵边上,小声说:"而濯垢泉里最重要的是七位娘娘。可以说,如果没有七位娘娘就没有濯垢泉。"

大先生脸上带着怂恿的神色,用最小的声音说:"如果我们把这七位娘娘一个一个杀掉,我相信不需要杀几个,背后那个做局的人就会现身来收拾残局。如果他真能忍得住,我们就把濯垢泉的七个娘娘全部杀光。没有她们就没有濯垢泉,我相信这个局自然也就破了。"

悟空听后,面无表情地看了一眼大先生,好像真的在考虑这个提议,过了一会儿说:"不行啊,师父那边绝对不会同意的。"

"那……要是不让圣僧知道呢?"

悟空摇了摇头说:"这个世上没有不透风的墙,师父总有一天会知道的。"

大先生说:"我们谁都不告诉,就我们两个偷偷干!"

悟空没说话,指了指天上又指了指脚下,那意思已经很明显了。大先生叹了口气,满脸失望,不再言语。

两人进了如锦院,在门口遇见了沙僧。

"沙师弟,刚才吃早饭时,我看你慌里慌张地出了门,也是过来开会的?"悟空问。

"大师兄,小白龙马上过来开会,我就不参加了。师父让我这两天帮忙找小二子的姐姐,我刚才是跟小八老师一起过来给小二子拍照片的。小八老师刚走,说下午要发什么推文,我回院里先做点准备。"

悟空点点头,同时有些奇怪——他怎么叫起了"小八老师"?

两人进了如锦院刚坐下,小白龙也到了。小白龙一到,基本上该到的就都到了。小娘们奉上茶,几人寒暄了下,然后开始继续拼凑各自手上的线索。一直拼凑到中午十一点多,大先生把椅子往后一推,站起来捶着腰说:"唉,这个怎么搞?所有线索都太碎了,到现在都找不到一条主线,也搞不清楚做局的这个人到底想做什么,目的是什么?"

悟空早就无聊地抽光了一包烟,这会儿正在啃手指甲。小白龙也是一杯接一杯地喝茶,就算是龙族,这会儿他也感觉到尿意有点憋不住了。

"你们老说这里面有个做局的人,但说实话,就我们目前的这些线索来看,到底有没有这么一个人现在还不确定呢。"朱红衣捏着眉头说。

小黑把毛线帽摘下来了,这会儿手插在头发里,听见朱红衣这么说,就抬起头道:"大姐呀,这事儿摆明了是背后有人做局啊。没人做局,濯垢泉的人怎么会一到四十岁就死?这肯定不是正常现象,既然不是正常现象,就肯定有原因;既然有原因,那么背后就一定是有人做局——哦,也不是,严格来说,应该是有大妖做局。"

"那万一是凑巧的自然现象呢?"朱红衣说。

"大姐呀,这么凑巧的自然现象你相信吗?"大先生也在边上说,"你如果这样想,还不如换一个想法,保证你心里更舒服——你只要认为这就是濯垢泉里面这些人的命,他们就注定只能活到四十岁,活得长的还算是占了便宜,那不是更简单吗?我们还在这里开什么会?"

朱红衣不说话了,心想:大姐大姐,你们全家都是大姐!

悟空伸手到大先生的口袋里摸了一会儿,摸出来一包烟,然后撕开包装,抽了一根出来,叼在嘴上。点着了火后,他深深地吸了一口,然后说:"今天早晨来的时候小黄跟我说,在这件事里面呀,你们几位是重点。"悟空用手指着朱红衣和朱紫璃两个人说。

"大先生"是其他妖怪对他的尊称,让悟空这么叫,大先生有点害怕。于是在他的反复强调下,现在悟空都叫他小黄。

听到悟空的话,大先生冷汗都出来了,心想:不会吧,大圣爷爷不会把我卖了吧?

大先生正惶恐不安的时候,悟空说:"我上午一直在想,小黄这话有道理啊,所以我觉得这件事如果真是有人布局的话,我们手头唯一确定的线索其实就是你们几个,首先得从你们身上查起。而且你们本身就有很多奇怪的地方。"

朱红衣和朱紫璃心里都一动。

"大圣是说,我们刚来这里的时候记不得自己是妖怪?"朱紫璃问。

"对呀,这不是很奇怪吗?你们怎么来到这里的,为什么来到这里?为什么刚来的时候根本记不得自己是妖怪?"悟空继续说道。

大先生不动声色地擦了擦头上的冷汗,然后一拍桌子说:"哎呀，还是大圣爷爷英明！这么一说，这还真是一个方向。你们还记得当时的情况吗？"

朱红衣和朱紫璃两人对望了一眼，都摇了摇头。朱红衣说："我们当时唯一记得的就是我们打心底认为自己是人，但也没有什么特别奇怪的地方啊。我们做人时吃了很多苦，说实话，最惨的那几年，我甚至以为我们都要活不下去了，但那时都没想起来自己是妖。"

"不是说有人帮过你们吗？"悟空问。

朱红衣神情古怪地看了看悟空，问："哎，你怎么知道的？"

"我问了这里的土地。"悟空毫不犹豫地把土地给出卖了。

朱红衣神色有些黯然，说："帮我们的那位就是个普通人，后来他死掉了。他死后，我们才记起来自己是妖怪。后来我们仔细检查过他的尸体，发现他真的就是一个普普通通的好人。"朱红衣顿了顿，"说实话，有时我想，要是他没帮我们，我们早一点活不下去，会不会就能早点记起来自己是妖怪，会不会就不用吃那么多苦了。但这么想总觉得有点不对。"

大先生说："依我看那就是个多管闲事的。对了，你们当时是怎么来到这里的？"

听了这话，朱红衣和朱紫璃脸上都有些怒色。朱红衣压了压心头的怒气，说："我们也不知道，我们有意识的时候就躺在盘丝洞外面。那里有几间破房子没人住，我们就在那里安顿下来了。后来我们记起自己是妖怪后，自然就猜测我们是从盘丝洞里出来的。"

"盘丝洞的名字不是你们取的？"小黑问，"我一直以为因为你们是那个，那个……所以给那个洞取名叫盘丝洞了。"

"蜘蛛精"三个字他没好意思说出来，因为在妖怪面前说他的原形，就好像当着人的面说"你是猴子变来的"一样不礼貌。毕竟成了妖那就是完全不同的物种了。好在小黑的意思大家都懂。

朱红衣摇摇头说:"我们刚有意识还以为自己是人类的时候,周围的人已经都喊这个洞叫盘丝洞了。"

小白龙一拍桌子说:"与其在这边商量过来、商量过去,我觉得我们不如就进盘丝洞看看,看那里面到底有什么东西。"

"盘丝洞我进去过了。"悟空说。所有人都看向悟空。

"哎,没听你说过啊,大师兄。"小白龙说。

"因为那个洞没什么可讲的。洞是蛮深的,里面很大,还有条很宽的地下河,但除了洞壁上刻了好多眼睛之外,其他也没什么特别。"

朱红衣点了点头,说:"实不相瞒,我们一直猜自己是盘丝洞里面出来的,所以这个盘丝洞我们也调查过很多次,跟大圣说的是一样的。"

这时,有小娘像穿花的蝴蝶一样进来上点心,给大家换茶水。

大先生一拍桌子,说:"再怎么想也想不出什么。这样吧,我们再去盘丝洞看一遍,就当是从那里开始正式调查。大圣爷爷、小白龙公子,加上我还有小黑,我们四个人去把那里查个底朝天。如果查不出东西的话,我们就把那里给炸了,看看有没有什么变化!死马当作活马医吧。"

白天,盘丝洞外面的建筑看起来似乎更荒凉可怕,荒草有半人高,房子里扔着锈得不成样子的大铁锅、三条腿的桌子、没有椅面的椅子、半件褪了色的衣服……房子塌了一半,塌下来的屋顶压在房子里,另一半没有被压住的地方立着衣橱和五斗橱。还有一张床,床上破破烂烂的被褥都变色了,淡蓝色的蚊帐上也全部都是灰。

小黑一拉破旧的衣橱门,门"咯吱"一声打开了,里面居然还有好几件非常老式的女人衣服。五斗橱上放了六七个相框,都被灰尘覆盖了。小白龙擦掉上面的灰,露出一家六口的合照,照片上一对中年夫妇笑容灿烂，女人抱着一个孩子，身边围绕着一个十几岁的女孩和两个十岁左右的男孩。照片上还有两行字，一行是日期，还有一行写着"王大彪、王冰梅夫妻全家福"。小白龙把照片给大家看了看，所有人都说没见过这家人。

从破房子出来后，大家便鱼贯进入盘丝洞。悟空走在前面，依旧把金箍棒变成火把，顺着蜿蜒的山洞走进了那个大得像礼堂一样的地方。悟空四人站到"礼堂"突出的那块巨石上往下看，下面还是黑乎乎的，依旧有水汽扑面而来，但是听不见那种震耳欲聋的水流声了。

大先生从怀里面掏出个什么东西往下一扔，洞里就好像突然出现了一轮小太阳，慢慢悠悠地往下落，把下面照得清清楚楚。

"洞穴探险专用无烟照明弹，进口货。"大先生得意地说。悟空回头看了他一眼，心里知道，其实这家伙早就做好探洞的准备了。

在照明弹的光亮里，洞穴被看得清清楚楚。那一条他先前以为位置很深的地下河，其实离他们也不过十几米的样子，河面相当宽，河水非常湍急。照明弹的光亮范围有限，所以并不能看到这条地下河最后流到了哪里。而在照明弹的照耀下，他们总算看到了河对面的石壁，离伸出来的平台足足有三四十米远，跟刀劈斧凿一样陡峭。

大先生又拿出来一颗照明弹往高处轻轻一扔，很快空中就亮起来，可以清楚地看见对面河岸上的情况了。对面的河岸很窄，只能容两个人并排行走的样子，顺着地下河向左右延伸开来。河岸的石壁上有一条巨大的裂缝，能容纳五六个人并排走进去。

"这看上去怎么像是人工修建的呀？"小白龙颇感诧异。

两颗照明弹先后落到地下河里熄灭了。看过了对面，悟空举着金箍棒火把掉头给大家看身后那些刻在洞壁上的眼睛。小黑、小白龙和大先生都啧啧称奇，而悟空总觉得有些不对劲，左看右看又看不出来有什么问题。悟空心里有点后悔，当时应该数一下这些眼睛一共有多少，或者把手机拿出来开闪光灯拍张照片，现在就可以对比这些眼睛是不是发生了变化。

"大圣爷爷，我们要不要到对面去看看？"大先生提议道。

"来都来了，我们还是一次把它查清楚。"

对于普通人来讲，这条地下河可能是无法逾越的障碍，但对这几个人来说却没有任何难度，就连大先生都是一跃而过。等到了对面后才发现，那条巨大的裂缝其实是由一左一右两条裂缝拼起来的。透过裂缝，可以看到里面是两条通往不同方向的隧道。

"大圣爷爷，我们是马上分头进这两个洞里面看看，还是先沿着这条地下河去上下游看看？"大先生又问。

悟空来回打量了一下说："还是尽量节省时间吧，我们不是正好四个人吗？一个顺着这条河去上游看看，一个去下游，另外两个各进一条缝隙，一个小时之后我们再回来在这里碰头。"

于是大先生顺着河往上游走，小黑顺着河往下游走，小白龙进了左边的缝隙，而悟空进了右边的缝隙。

过了五十几分钟，小黑回来了，见其他人还没到，就从口袋里抠出来一根香烟，叼在嘴上点着了，一边抖着腿一边等。没想到这一等居然等了两个多小时。

两个多小时后，大先生哼着小曲儿回来了。他一只手背在背后，一只手在身前转着两个核桃。

"哎，你倒挺准时呀。"大先生看见小黑后笑眯眯地打招呼。小黑脚边一堆烟头，半个小时前他的裤子口袋里就已经掏不出来烟了，烟瘾犯了，正憋得难受，于是没好气地讲："是呀，大先生，您也真的是准时啊。"

大先生居然没有一点自觉，笑眯眯地说："那当然！准时就是我的代名词。"

小黑用手指挖了挖鼻孔，没好气地说："是啊，您准时地迟到两个多小时，您这代名词确定不是反语？"

大先生吃了一惊说："怎么可能？我掐着点儿回来的呀，一分不多一分不少！"一边说，一边还把手腕上的手表举起来给小黑看。小黑一看，哎呀，真的是一个小时，刚过一分钟。

小黑说："但是我都等两个多小时了啊！"

小黑把自己的手机拿出来跟大先生对时间，果然，小黑的手机显示已经过去了三个小时。

大先生的表情严肃起来了，说："其他人回来了吗？"

小黑说："大圣和小白龙两位都还没回来呢。我们是在这儿等，还是去找他们？"

大先生沉思了一会儿，然后说："看起来，这洞里有跟时间有关系的法宝。这种法宝非常麻烦，我们在外面等。"

有句话大先生没敢说，如果是跟时间有关系的法宝的话，悟空和小白龙还能不能等得回来可能都得两说。

大先生和小黑对站着，大先生身上的烟带得足够，小黑就一会儿要一根，一会儿又要一根，两人一起抖着腿抽烟。又过了半个小时，小白龙回来了。一问，果然小白龙也说他自己是掐着点儿回来的。他的手机、大先生的手表和小黑的手机三者的时间都对不上，而悟空依旧没有消息。

右手边悟空进去的那条巨大的裂缝黑洞洞的，看上去似乎深不见底，而且不时有风从里面吹出来，仔细听似乎风里还有各种细微的奇怪声音。

"我们要进去找大圣吗？"小黑等的时间最长，这时他有点着急了。

小白龙说："再等一等吧，这不是才一个小时吗？"

小黑甩给他一个白眼。

大先生一开始没说话，想了半天才说："我们暂时还是别进去，如果跟时间法宝有关系，这里面会非常地复杂。如果我们进去，不一定会跟悟空在同一个时间段，别到时候悟空出来了，我们又出不来了。"

小白龙连连点头。

又过去了两个多小时，大先生的烟都抽完了，他和小黑的嘴臭得像茅坑，不抽烟的小白龙躲得远远的。这时右手边的裂缝里突然有一点光亮闪了闪，接着就看见悟空探头探脑地从里面出来。看见小白龙三人，他非常惊讶地说："你们怎么都回来了，不是说好一个小时后大家在这里见面吗？这才多长时间？"

小黑没好气地说："多长时间？我他娘的等了都快六个小时了。尿都撒了三回，又渴又饿又冷！大圣，不好意思，不是生你的气啊！"最后小黑没忘了加一句。

"什么意思？"悟空问。

大先生没说话，他觉得很奇怪，刚才他看悟空出来的时候似乎神情很慌张，而且脸色非常难看，有点像是……像是……从里面逃出来的！于是他接了一句："大圣爷爷，您觉得我们在里面待了多长时间？"

悟空说："不就二十分钟都不到吗？"

大先生心里咯噔一下，他的猜测被证实了。

这时，小白龙过来把时间不统一的事情讲了一遍，然后大家一看悟空的手机，果然只过去了二十分钟。

"咱们也别耽误时间了，赶紧出去吧。"大先生说道。

悟空也连连点头，说："嗯，先出去！"

出去路过大厅时，悟空留神看了一下，发现石壁上面刻画的眼睛好像又有变化了，于是他把手机拿出来，打开闪光灯拍了一张照片。

出了洞口，几人又遇见了一个他们怎么也没想到会在这遇见的人——朱紫璃！

"哎,大圣、大先生、白龙公子、小黑,你们出来了!你们看见圣僧了吗?"朱紫璃劈头就来了这么一句。

"我师父进去了?!"小白龙失声大喊道。

悟空也跟着紧张起来了。

"我师父为什么要进去?你们为什么让我师父进去?"小白龙问。

朱紫璃说:"你们别急啊,圣僧刚进去没多久。还有,你们还好意思问圣僧为什么要进去,要不是你们四个进去两天一夜后都没有任何消息,你们师父怎么会这么着急?"

"两天一夜?!"大家大惊,接着悟空就跟朱紫璃说:"快把你手机给我!"

朱紫璃不知道发生了什么,但悟空的命令也不敢违抗,只好一边把手机拿出来给悟空一边说:"你别瞎看啊……"

悟空没理她,拿到手机后仔细看了一下,跟自己的手机不光时间不一样,连日期都不一样了,小白龙、大先生和小黑纷纷凑过来看。

"紫璃姑娘,圣僧跟谁一起进去的?"大先生问道。

"带着猪长老和沙长老进去的,然后我大姐不放心,也跟着一起进去了,你们没看到他们吗?就前后脚啊。而且还有啊,你们为什么要在里面待两天一夜?"

小白龙叹了口气,给她解释道:"紫璃姑娘,我们其实并没有进去这么长时间,我们的感知和我们的手机记录都显示,我们只进去了……最长的也就进去了六个小时吧。自从我们分开后,我们每个人的时间流逝速度都不一样了,但没想到出来之后我们跟你们的时间会相差这么多!"

小白龙的这个解释,让朱紫璃依旧是满头雾水。

大先生补充道:"这个洞里可能有跟时间相关的法宝,所以呢,进去之后时间都是乱的,嗯……这么说吧,圣僧进去的这个洞,和我们进的洞,尽管是同一个洞,但因为洞里面的时间流速跟洞外并不一样,所以我们并没有碰见他们。"

朱紫璃还在慢慢想,小白龙已经着急地问:"大师兄,我们怎么办?"

悟空回头看了看那个黑黢黢的盘丝洞,心里万般纠结,最后说:"怎么办,进去找师父呗。实在不行,把这个洞给砸了,找找洞里面的那个时间法宝,如果能找到,看看我们能不能用!能用的话,就用它去找师父!"

大先生一把拉住悟空,说:"大圣,大圣,这事一定要慎重!跟时间有关系的法宝特别麻烦。我知道你着急,如果真是时间法宝,您师父可能下一秒就从洞里出来,有可能几年也不出来,有可能几百年甚至上千年之后才出来,听上去似乎特别要命,但是呢,因为洞里似乎每个不同的队伍都在不同的时间段,所以遇到其他妖怪的风险是很小的。所以我们一定要慎重,看看怎么解决这个问题。如果你现在进去,很有可能你师父马上就出来了,而你又出不来了,那就麻烦了。"

朱紫璃这会儿总算是想明白过来了,也紧锁着眉头说:"这怎么办?"

"你们谁让他进去的!"悟空有点气急败坏。

"圣僧自己坚持要进去,我们谁敢拦呀?"朱紫璃说。

大先生说:"这时说别的都没意义了,我们还是赶紧想办法。紫璃姑娘,你们以前探洞的时候,发生过这种事吗?"

朱紫璃摇摇头说:"我们不知道探过多少次,从来没发生过这种事,这就是一个普普通通的洞啊。"

"哦!"大先生点了点头说,"那可能是不知道什么东西把那个法宝激活了。对了,你们谁身上有什么不得了的东西吗?"

"别看我,我穷得跟狗似的,你还不知道吗?"小黑说。

"滚,改改你的臭毛病。你什么没有?"大先生没好气地说。

悟空和小白龙都摇了摇头。

"那这样,你们少安毋躁,我马上把我们那里专门研究法宝的两个小兄弟带过来,在洞外面先好好测一下,看看这洞里面的法宝法力到底有多大。根据法力波动大小,基本上就能测出它会变动多长的时间,这样我们也能大概把握圣僧出来的时间,到时候再看是继续等,还是另想办法。"

悟空面色晦暗,点点头说:"那就有劳了!"

大先生带着小黑回去叫人,悟空、小白龙和朱紫璃都在洞口守着。两个家伙法力都少,都舍不得用,所以又祭出了那个会飞的卡片。卡片从平地起飞,正常飞行之后,小黑心事重重地蹲在卡片边缘,看着下面飞掠而过的大地。

"小黑,盘丝洞不能进去了。"大先生突然说。

"我知道。"小黑说

"你知道个屁!"大先生恶狠狠地说。

小黑无所谓地看了一眼大先生,然后说:"我怎么不知道?说好一个小时后碰面,大圣爷爷进去后,二十分钟不到就出来了,而且那么慌,结果不是明摆着吗——那里面有什么东西把他吓坏了。"

"那你就别再进去了,听见没有!"

"再说吧。"

"再说?说什么说?"

"我再看看……"

大先生气得一跺脚,恨不得把手上的核桃砸过去。

"你看什么看?"

小黑抓了抓毛线帽盖着的脑袋,然后说:"没必要我是不会进的;如果是必须我进去,但大圣爷爷什么都不说,想骗我进去,嘿嘿,我也是不会进的;但如果有必要,必须我进去,而大圣爷爷跟我说清楚了里面有什么危险,那我就要考虑一下。"接着小黑正了正神色,"如果必须我进去,而大圣爷爷不让我进,那我

- 021 -

反倒要进去！"

　　大先生哭笑不得地看着小黑，而小黑认真地说："大圣爷爷真拿我当兄弟，我肯定不能尿。不过，老大你准备怎么做啊？"

　　大先生眼神有点飘忽不定，他笑笑说："我当然跟你一样。我就是怕你被卖了，到时在大圣爷爷面前我不好提醒。"

第三章

可怜的八戒

朱红衣和朱紫璃陪三藏师徒到了盘丝洞前，八戒看着这里破落荒凉的样子，忍不住抓了抓脸，心想：不在院里好好地享福，非要跑到这鸟不生蛋的地方来受罪。

三藏看了看洞前荒凉的样子，也颇为吃惊，但他还是整了整僧衣，然后对朱红衣说："两位女施主就送到这里吧，我和徒儿们进去了。"

朱红衣皱了皱眉，说："圣僧，我还是陪你们进去吧，里面我熟，我陪着不容易出事。"她担心万一三藏出了什么事，悟空出来可饶不了自己。

见朱红衣坚持，三藏也没有拒绝，于是朱红衣就在前面领路，带着三藏、八戒、沙僧进洞，朱紫璃在洞外守着。

刚进洞时外面的光线还能透进来一点，越往里走越黑，走了没多久就已经漆黑一片了。朱红衣从衣服里拿出两颗夜明珠，一颗拿在自己手上，另一颗递给了三藏，说："圣僧，这颗夜明珠你拿着照明用，等出去了再还给我。"

进了盘丝洞后，朱红衣表现得相当轻松，但八戒还是把别在腰上的九齿钉耙拿了出来，变大后紧紧地抓在手上。这地方让他感觉紧张，可能是因为平时从来都没有在这么狭小的地方走过。

走了没多久，八戒就费力地从后面挤到前面，然后敞开嗓子对着洞里喊："大师兄！你们在哪儿啊？"洞本身就小，八戒嗓门又大，顿时震得几个人的耳朵嗡嗡直响，三藏更是震得脸色发白。沙僧没好气地说："二师兄，你一惊一乍地干吗？"

八戒回头说:"我想试试能不能把他们喊出来啊,他们出来,我们不就能一起出去了吗?"

沙僧说:"要是能喊出来的话他们早就出来了,肯定是在里面遇到什么事情了。"

这话一说,大家莫名地紧张了起来。

洞越走越宽,但这几人并不是越走越好走,脚下坑坑洼洼的,朱红衣还不时回头提醒大家小心脑袋,别撞到钟乳石。走了十几分钟,八戒一脚踩进一个小水坑里,差点把脚扭了。他的鞋子全都湿了,气得小声地骂骂咧咧,其他人依稀听见"弼马温"什么的。

尽管朱红衣熟门熟路,但这几个人依旧走得比悟空他们要艰难得多,主要就是因为有三藏这个拖油瓶。好不容易走到了大厅的尽头,看见了那个断崖,听见了断崖下湍急的流水声,又到伸在半空中的那块巨石上看了看之后,三藏傻了眼。

"大家往后看看啊!"朱红衣说是领路的,表现得倒更像个导游,招呼大家回头看洞壁上刻着的各种各样的眼睛,"这就是大圣之前说过的,不知道谁刻的眼睛。"

洞壁上的眼睛在夜明珠稳定光线的照耀下略显得有些呆板,不像被跳动的火焰照亮时活灵活现,所以他们也没看出什么,不过三藏还是在石壁前看了半天。

"师父,看出什么来了吗?"沙僧问。

三藏摇了摇头,说:"我在巴蜀时曾见过古蜀人雕刻和绘制的一些古老的眼睛图腾,但是跟这里刻画的眼睛完全不同。佛教也好、道教也好、巫术也好,大部分眼睛都是比较抽象的,然而这里刻着的眼睛,尽管只是寥寥几笔,但特别写实。而且就这几笔,就这一双眼睛,却把各种感情表达得淋漓尽致。你看,这双眼睛是欢喜的,这双眼睛是悲伤的,这双眼睛……"

指到其中一双眼睛时,三藏心里一惊,沙僧也皱起了眉头。

"师父,这双眼睛怎么让人这么不舒服啊,好像又阴险,又邪恶！"

三藏点了点头，他正指着的眼睛跟正常人的眼一样大，细长的眼睛微微地眯着，几乎看不见里面的眼珠，似乎在幸灾乐祸地笑，透着一股恶毒。

三藏摇了摇头，说："看不懂。"

"要不我们回去吧。"朱红衣说，"我们已经走到洞穴很深的地方了，再往前走的话，要从这边跳过去。对面倒是有河岸，但离得很远。再往里我们也没怎么去过，怕有危险。"

说完，朱红衣见三藏没有任何表示，估计他不肯罢休，于是叹了口气说："实在不行，我们在这边等一等，不着急过去。"

八戒站到那块凸出洞壁的大石头上向对面喊："弼马温！你听到了吗？师父都进来找你们了，赶快回来！限你们五分钟之内赶紧回来，不回来我们就不管你们了，我们就走了。"喊完后，他等了一会儿，但对面没有任何反应。"弼马温，我告诉你，不是开玩笑的，你再不回来，师父也要过去了！师父要是遇到危险，都是你的责任！"

八戒这会儿火气很大。他一只脚是湿的，一走路就"呱唧呱唧"响，特别不舒服。

等八戒喊完，又过了十分钟，对面依旧静悄悄、黑洞洞的，什么也看不见，什么也听不见。

三藏摇了摇头，对朱红衣说："能过去我们还是过去吧，我徒儿他们还不知道在里面遇到了什么，说不定需要我们去帮忙！"

朱红衣捏了捏眉心，心想：大圣还需要我们帮忙？他的忙，我们也帮不了啊！

"师父，我们手上的这颗夜明珠也照不到对面，也不知道对面是什么情况，我们怎么过去啊。"八戒一边跺着脚一边说，他每跺一下就"呱唧"一声。

"是啊，是啊！猪长老说得有道理，确实是这样，所以我说我们要么在这边等,要么还是出去吧!"朱红衣也劝道。

三藏看了看劝自己的八戒和朱红衣,有点生气,于是转过身对沙僧说:"悟净,你能背着为师飞过去吗?我们慢慢飞,为师手上拿着夜明珠给你照亮,可以吗?"

沙僧没有看到八戒又是瞪眼睛又是摇耳朵的,对三藏说:"这肯定没问题啊,实在不行,我慢慢飞!保证又稳又安全!"

八戒气得狠狠一跺脚,脚下发出了特别响的"呱唧"声。

朱红衣叹了口气说:"这样吧,我跟猪长老先过去,然后沙长老往我们这个方向飞,这样安全一点。"

听了这话,八戒顿时喜上眉梢,忍不住问:"那,那,是我背这位女施主,还是女施主背我?"

三藏狠狠地瞪了八戒一眼,八戒脖子一缩,然后抓着肚子说:"师父,你别瞪我啊,这黑灯瞎火的,离开这夜明珠三五米就什么都看不见了,我总不能黑咕隆咚往对面跳吧!至少,至少……"说到这里,八戒居然嘿嘿笑了一声,然后赶紧止住,"至少牵着手吧。"说完,还无比垂涎地看了一眼朱红衣。

朱红衣捏了捏眉心,倒没生气。作为灌垢泉的大姐大,她过于强势,几乎没有人或妖把她当女的,所以她也不怎么把自己当女的了。要是没三藏在,说不定她提着八戒的衣服领子就往对面跳了。她想了想,从纱衣上解开一条纱带,递给八戒说:"猪长老,你牵着带子这一头,我抓着另一头,拉着你一起往对面飞!"

八戒大感失望,整个猪脸都垮了下来,耳朵也耷拉下来了,闷声闷气地说:"唉,师父坏事啊……"

"八戒!"三藏气得大喊一声。

"哎哎……"八戒赶紧打起精神。

朱红衣拿着夜明珠,拉着八戒轻轻一跳,缓缓地飘向了对面。三藏只见夜明珠发出的那一团直径五六米的光团慢慢地升起来,然后越来越小,最后像一只萤火虫一样缓缓飘向对面,最后那团

- 027 -

萤火虫突然抖了一下,然后不动了——看来是到对岸了。只不过这光团变得如此之小,可见对面的距离之远。三藏不禁暗暗心惊。

在朱红衣过去的时候八戒有意卖弄,一会儿飞到前面,一会儿飞到后面,结果到了对岸也没注意,一下子拍在对面的洞壁上,差点把鼻子拍扁了。然后他一屁股坐到地上,捂着屁股"哎哟"了半天。朱红衣好不容易才憋住笑,然后朝着对岸喊:"我们已经到了,圣僧,你们过来吧。"

"来,师父!"沙僧蹲下来,拍拍自己的背。

三藏看着,不知为什么突然想起来沙僧吃掉前世的自己那个梦,于是有点战战兢兢地爬上了沙僧的背。沙僧有点奇怪师父为什么抖得这么厉害,以为他是害怕过暗河,于是安慰了一句:"师父,你把夜明珠拿好就行,徒儿保证飞得稳稳的!"然后他站起来,向对面喊了一声:"我们过来了!"接着助跑两步,轻轻一跃,缓缓向对面飞去。

朱红衣那边就看见对面那个萤火虫一样的亮点缓缓升空,然后往这边飞过来。但那只萤火虫还没有来得及变大,突然很亮地闪了一下,接着竟然灭掉了!

朱红衣惊疑不定地转头去看八戒,结果八戒坐在地上就没爬起来,脱了鞋袜,正低头挤袜子上的水。

"猪长老,你师父呢?你看看,你还能看见你师父吗?"

"这位女施主啊,你不要跟我开玩笑,我跟你又不熟!"八戒一边说,一边把刚刚挤干的袜子往脚上套。

"猪长老,你师父真不见了,一点亮光都看不见了!"

八戒这才惊疑不定地抬头去看,结果看了一眼,他连鞋子都顾不上穿了,一下子跳起来,嘴里连连说:"坏了,坏了!"

又仔细看了一会儿,八戒安慰朱红衣道:"你别急,有可能师父手里的夜明珠掉了。"

然后八戒就喊道:"师父!沙师弟!你们是不是把夜明珠弄

掉了啊？回个话啊！往我们这里飞啊！"

朱红衣摇摇头，说："不应该，如果圣僧的夜明珠掉了，他肯定会喊一声的，我们肯定能听见啊。"

八戒回头看看朱红衣，眼神明显慌张起来了。

"师父，沙师弟！听到回一声啊！"

没有回答。

"现在不能慌，我们先等等看！"朱红衣说。

然而左等右等，等了十分钟都没有动静。八戒一拍脑袋，然后一边脱衣服一边说："下面暗河里是不是有大鱼啊，会不会师父他们被大鱼吞了？毕竟亮着光，下面有大鱼的话，肯定会一口吞啊！沙师弟是不怕，师父就惨了！不行，我得下去救师父！"

"要有大鱼的话，也能听见水声啊！"朱红衣说。然而她还没把话说完，八戒已经咚的一声跳下去了。

朱红衣捏了捏眉头，她也没别的办法了，喊道："猪长老，小心啊！"

八戒在水下回道："放心，我老猪以前是天蓬元帅，掌管天庭八十万水军，我的水性……哎……哎……我去……"

下面一阵水声，然后恢复一片寂静。朱红衣站在上面郁闷得想哭。

又过去了十几分钟，朱红衣正不知道是该下去还是该继续等，突然哗啦一声，什么东西从下面一下扑了上来。朱红衣往后一跳，紧贴在洞壁上，然后一把蛛网就撒了过去。

"别……"是八戒的声音，然而已经迟了，蛛网劈头盖脸地把八戒盖得严严实实。

"哎呀！"八戒大叫起来。

"别动！越动收得越紧！"

"哎呀！我也不想动啊，这网怎么回事，好疼！"

"不好意思，不好意思，这网上有毒……"

"啊?!"八戒杀猪一样地叫起来了。

"没事没事……"

"有毒还没事?你这个婆娘,太狠毒了,我不就想拉拉你的小手……"

朱红衣也生气了,说:"这个毒就是让你疼。你别动,越动越紧,越动越疼!"

八戒不敢动了,但叫得那叫一个凄厉:"疼死我啦,你快收了啊!哎呀呀,造孽啊!哎呀,我屎都要疼出来了!你快点啊……我本来就要忍不住了……"

朱红衣捏了捏眉头,也不敢怠慢,手指一挥,蛛网四分五裂。然后她撒了一把灰在八戒身上,药到病除。八戒趴在地上喘了半天才爬起来,然后他跟朱红衣说:"不好意思啊,人有三急……"然后就捂着屁股跑远了。

朱红衣一阵无语。

过了好一会儿,远处不断传来那种不可描述的声音。又过了一会儿,八戒提着裤子,像一块行走的大抹布一样回来了。朱红衣看着八戒这副模样,想笑又不好意思笑。

八戒走到朱红衣跟前,用手掸了掸身上的蛛丝,说:"女施主,能帮我把这个弄掉吗?"

朱红衣也不太好意思,说:"猪长老,我现在只能帮你把这蛛网打散,你要多散就可以有多散。但这东西本身有黏性,现在已经粘在你身上了,撕不下来的,回去后用我们那里的一种专门的药水给你泡一下,就可以化掉了。"

八戒隔着蛛网抓了抓肚皮,说:"这粘在身上真不舒服。"

朱红衣说:"猪长老,真没办法,只好请你忍一下了。对了,下面是什么情况啊?看见圣僧了吗?"

八戒又隔着蛛网抓了抓肚皮,说:"别提了,这下面的暗河里有暗流,水势非常急。我一下去就被卷进去了,被冲出去很远很远,好不容易才游回来的。"

"那看见圣僧和沙长老了吗?"朱红衣问。

八戒说:"没有,下面什么都没有,我师父、沙师弟、大鱼……什么都没有。我下去这一会儿,感觉就连水草、虫子都没有,应该就是条死河。"

朱红衣想了想,说:"那圣僧和沙长老到底去哪里了?"

八戒说:"你问我我问谁啊?"

他一边说一边去捡先前扔在岸上的衣裤,想穿回身上,但因为身上裹了大量的蛛丝,手脚粗得根本就塞不进去。更惨的是,衣服碰到了这些蛛网后也被粘住了。他又费了九牛二虎之力,总算挣脱了衣服,虽然没把自己绑起来,但衣服还是粘在身上。最后绝望的八戒放弃了,把衣服在身上贴平整。他在原地蹦了蹦,跳了跳,发现衣服都牢牢地粘在身上,也不会掉,终于放心了。现在的他看上去像一块比刚才还大的行走的抹布。

八戒一屁股坐在地上,长叹一声,说:"让我先歇一会儿,其他事等等再说,可把我累死了!"

等气喘匀了,八戒无比沮丧、无比忧愁地说:"这下惨了,先是大师兄他们找不到了,又把师父和沙师弟也搞丢了,这该怎么办啊?"

尽管八戒的沮丧和忧愁都无比真诚,而且朱红衣其实现在也非常担心,但她看八戒这个样子,不知为什么,还是忍不住想笑。她问八戒:"那猪长老,我们后面怎么办呢?"

八戒说:"我还想问你呢,我也不知道该怎么办。"

朱红衣说:"那我们还是先出去吧。"

八戒犹豫了半天,说:"还是在附近再找找吧,不然就这样出去了,我没法交代……"

突然八戒似乎意识到了什么,他无比伤心地说:"天啊!师父、大师兄、沙师弟、小白龙,他们都找不到了!我连个交代的人都没有了。"

朱红衣感觉到了八戒身上浓浓的绝望和伤心。她也有点为八戒心酸,但不知道为什么,她总想笑……

"那我们还是再找找吧。"朱红衣说。于是朱红衣拉着八戒身上拖下来的蛛丝,在暗河上空又飞了好几圈。黑洞洞的盘丝洞里,暗河两岸都没有三藏的影子,三藏和沙僧就仿佛突然消失了一样无影无踪,怎么找都找不到。

朱红衣没办法,问道:"猪长老,那我们是到这两条缝隙里面去看看,还是沿着河两边再看看呢?"

蛛网耷拉在八戒的脸上,把脸都糊住了,也看不出他什么表情。八戒说:"哎呀,还是算了吧,我怕再往里走,我们两个也不见了。"

"那我们回去?"朱红衣问。

"不行不行,现在就回去怎么也说不过去,我们还是就坐在这边等一等吧。"八戒说。

于是八戒和朱红衣又飞回去,坐在那块凸出的大石头上。八戒透过脸上的蛛丝绝望地四处张望,想看见一点点亮光。

但是,周围一片黑暗,浓稠至极,似乎把光线都压缩变小了。

第四章

出洞

三藏伏在沙僧的背上，稳稳地向对面飞过去。暗河上空有风缓缓吹过，带着浓郁的水汽和微微的石灰、砂石的味道，似乎还能听见一些微小的奇怪声音。

飞了十几秒，三藏突然听见沙僧"咦"了一声。三藏赶紧问："怎么了？"

沙僧说："对面的亮光没有了。"

三藏心里一惊，问："那我们还能飞过去吗？"

沙僧说："放心好了，我慢一点，肯定没问题的。"

三藏叹了口气说："可能珠子掉到暗河里去了，也不知跟那个呆子有没有关系，前面都是那个女施主拿着的。"

又飞了一段时间，三藏感觉沙僧的身子一震，接着就听沙僧说道："师父，我们到了。"然后沙僧蹲下把三藏放下来。

三藏落地后，整了整僧衣。等沙僧转过来，三藏手里的珠子一抖。刚才就着珠子的光线，他看见了沙僧那张蓝色的脸。有一瞬间，现实似乎和前段时间的那个梦境重叠起来了，在那个梦里就是这样一张蓝色的脸——又大又亮的两只铜铃眼，一头火红的怪发。只不过梦里的那张脸满脸狞笑，而不是现在这样微微有点木讷。

梦中，那张脸就这么看着自己狞笑，然后扑了上来，接着就是难以忍受的痛苦和可怕的咀嚼声。他感觉到自己被活生生地、一块一块地撕碎、吞食。

三藏的心咚咚直跳，咽了口唾沫。

"师父，怎么了？"沙僧问。

"啊？没什么没什么。"三藏说。他勉强按下心中的惶恐，继续跟沙僧说："我们往那个方向去看看，我记得八戒他们先前在那里。"

"好嘞！"沙僧爽快地回答了一句。不过在动身前，沙僧张嘴就对着那边喊了一嗓子："二师兄，二师兄，你们在那边吗？"

远处一点声音都没有。

沙僧"咦"了一声。

三藏一手提起僧衣，一手举着夜明珠，跟沙僧说："过去看看吧。"

他们按照自己的记忆往八戒的那个方向走过去，走着走着两人都觉得不对劲了，因为他们已经走了很远很远！

"师父，我怎么觉得我们好像已经走过了呀。"沙僧说。

三藏也点点头，说："我也这样觉得。你再喊两声试试呢？"

沙僧亮开嗓子喊道："二师兄，二师兄，你们在哪里呀？听到的话，回个话啊！"

喊声顺着暗河传出去很远很远，然后撞击在洞壁上又返回来，一声又一声的"回个话，回个话，回个话……"连绵不绝。但等回声都消失后，周围依旧静悄悄的，什么声音也没有。

沙僧和三藏对视了一眼，都从对方的眼里看到了浓浓的不安和惊疑。

"悟净，你拿着我这颗珠子，赶紧四处去看一看，我就在这边等你，我不动。"

沙僧摇了摇头，说："师父，不行，我不能离开你身边。"

三藏说："我不动啊，你放心！你赶紧去找一找。"

沙僧说："师父，刚才二师兄和那位女施主过来时我们都看着的，现在突然就不见了。我要离开您的话，您也有可能会突然就不见。有我在还能护着您，安全些，我要是不在了，您怎么办？回都回不去。"

三藏迟疑了一下，说："只要是在岸上，八戒肯定会回复我们的，现在他们肯定是被什么拖到这下面的暗河里去了，你赶紧下水去看看，帮帮他们！"

沙僧连连摇头，说："就算他们被拖下去了我也不能离开您。我要是下去了，您再被拖下去可怎么办？不管是二师兄还是那位女施主，我相信他们在水下都有自保之力。二师兄以前可是天蓬元帅，专门管水军的。可您要是被拖下去了就必死无疑！"

"你别管我，那下面的可是你二师兄！他说不定就在生死存亡之际，如果他能自保的话，这暗河水面上怎么会这么平静！你快下去帮忙！"三藏急得直跺脚。

沙僧摇了摇头，说："师父，我不会下去的！我必须守在您身边，您要是出了事，大师兄二师兄他们回来了，我怎么跟他们交代？"

三藏深深地看了一眼沙僧，掉头就往回走，想找找岸上有没有八戒他们被拖下去时的痕迹。很快他们就看到了在洞壁上的那两条裂缝，先前急着找八戒，他们都没有在意。

"师父，既然二师兄暂时找不到，我觉得我们还是先出去，在外面等！或者出去后，您在濯垢泉待着，我自己进来找！"

三藏摇了摇头，说："先不急，悟净，你先给我护法，我用佛法来感应下，看看能不能找到他们。"

沙僧答了句："好的。"

然后三藏盘腿坐下，开始咏诵《地藏菩萨本愿经》，这篇经文本来是用来超度的，但也能感应到其他生物的魂魄。在咏诵了一刻钟后，三藏停了下来，脸色惨白。因为刚才他探查的范围实在是太大了，他坚持不住了。

沙僧问："师父，找到了吗？"

三藏摇了摇头，说："奇怪了，这个洞方圆三公里除了我们两人之外感应不到任何生物。"

"既然这样,师父,我们还是先出去吧!这里总让我感觉心里毛毛的。"沙僧说。

三藏看了沙僧一眼,说:"我们进这两条缝隙里面看看。"

"师父,大师兄和二师兄都陷在里面,现在怎么也找不着,这里面还不知道有什么凶险,我们两人也比不过大师兄神通广大,趁现在还能出去,我们赶紧出去,别到时候大师兄他们出来了,我们反而陷在里面。"

三藏看了一眼沙僧,不置可否,还是想进那两条缝隙。

沙僧急得口不择言说:"师父,咱们能不能别给大师兄他们添乱了?我们赶紧出去吧,我相信大师兄一定不会有事的,他肯定能出去的。"

"你就这么在意我的生死?"三藏若有所思地望着沙僧问。

"师父,您这是什么话?为了您的生死,我沙悟净没把自己这条命放在心上。这样吧,我把您送回濯垢泉,然后我自己进来找,不管这洞有多深多可怕,我都把这里翻个底朝天!师父求求您了,别再给大家添乱了!现在二师兄也找不到了,到时候再找不到您可怎么办?"说完后,沙僧就觉得自己说得有点过分了,赶紧又跟了一句,"师父,您知道我不是责怪您的意思。"

三藏没有生气,他只是颇有点疑惑地看了看沙僧,然后说:"好吧,那我们还是回去吧。"

八戒绝望地坐在石台上四处寻找沙僧和三藏的踪迹,朱红衣站在后面颇有些无奈,又有些担心。

过了很久很久,朱红衣突然一惊,发觉不知什么时候,她听不到八戒坐在那里絮絮叨叨、怨天尤人的声音了。

朱红衣抬头看了一眼,不远处八戒的背影也一动不动了。先前那个猪头可是不断地转着脑袋,四处找沙僧他们的。一股不祥的感觉在朱红衣的内心缓缓升起。

"猪长老？"朱红衣小心翼翼地喊了一声，然而八戒的背影一动不动。

朱红衣两只手上都捏了蛛网，小心翼翼地靠了过去。靠近一些后，朱红衣听见八戒那里发出一种特别古怪的声音。声音不高，但是尖锐，而且很难听，听得朱红衣背后的汗毛都竖起来了。

朱红衣小心翼翼地又靠近了一些，突然她听见了鼾声。她恍然大悟，八戒原来是睡着了，刚才那特别古怪的声音是他在磨牙！

朱红衣哭笑不得，又退了回去。

八戒打呼、磨牙的声音越来越响，最后他突然一抬屁股，放了个屁。朱红衣受不了了，几步走到上风口，然后去拍了一下八戒的肩膀，大声喊道："猪长老，鸡叫啦！起床啦！"

八戒惊叫一声醒来，伸手擦了擦嘴角的口水，然后才反应过来，不好意思地笑着解释："哎哟，哎哟，这里面太黑了，前面我又折腾得太累，实在是没忍住，没忍住……对了，我师父师弟他们还没出来啊？"

朱红衣说："没有啊。"

八戒长长地叹了口气，说："我梦见他们出来了。他们怎么还没出来啊！"

"猪长老，我们还是出去等吧，或者回濯垢泉，先把你身上的蛛丝去掉再说。"

"啊？这，这不好吧？我师父和师兄师弟还生死未卜……"

朱红衣捏了捏眉头，决定骗骗这位猪长老："猪长老啊，你都等了七八个小时了，可以了！"

"啊？都这么长时间了？我说我怎么感觉肚子有点饿了呢！"八戒说。

"对啊,抓紧回去收拾一下,吃饱了再回来救人,也不差这几十分钟了。而且,回去还可以找找工具,探照灯什么的至少得有吧。"

"有道理,有道理!"八戒连连赞同,然后想爬起身。但他坐得太久,加上一身蛛丝,衣服也粘在身上,所以努力了几下,居然没有爬起来。

八戒不好意思地看着朱红衣笑了笑,然后狠狠一震,跳起来了。姿势倒是还挺帅,只不过跳起身的时候一个屁没憋住,噗的一声,短促响亮。

蛛丝覆盖了八戒的脸,也看不见红没红,但能看见他怔在那里不动了。

朱红衣也不好意思笑,当作没听见,掉头就往外走,一边走一边若无其事地说:"猪长老啊,我们抓紧出去吧!"

"哎,哎……"八戒答应了一声,快步跟上。

第五章

兔子兄弟

大先生总算把他那两个专门研究法宝的小兄弟带过来了,是一对双胞胎。

悟空也总算是见到了比大先生妖力还要弱的妖怪。悟空看了这对双胞胎兄弟一眼,当场有些无语——在风中微微抖动着的长耳朵,通红的眼睛,没有化去的三瓣嘴……不用火眼金睛,任何人只要一看就知道这是一对兔儿爷!其中一只兔儿爷很搞笑,只有一只长耳朵,另一只耳朵化成了人耳。这只人耳耳垂肥厚,从耳垂到耳郭戴了三四个耳环,还都是镶钻的。这兔儿爷一摇头,亮闪闪的光芒闪得人眼睛都花了,另一只兔儿爷默默地站到他没戴耳环的那一边。

"这两位你从哪儿请来的呀?行不行啊?"

悟空把大先生拉到边上小声地质疑,而小白龙的失望更是堆在了脸上。

"大圣爷爷,我们不行就没人行了。不是我吹,在妖力研究这一块,整个妖界,我们如果是第二的话,没有人敢当第一!"大先生还没回答,甩着两只长耳朵的兔儿爷已经蹦着喊起来。

悟空心想:他娘的,我忘了兔子耳朵长了。

"旁边那个小白脸,你脸上什么表情啊?我跟我兄弟妖力可能确实不如你,但是要说妖力研究,你们这些普通妖怪在我们面前基本上就跟白痴一样,你的小白脸再白也没用!"那只单耳兔挑衅小白龙道。

小白龙一听大怒,刚准备动手,就看见跟在两只兔子身后的狮王往前站了一步。他想起大师兄说过,在水里自己估计才能跟这家伙打个平手,不免有些犹豫。

这时大先生赶紧冲过来,赔着笑说:"白龙公子!这两个家伙就这死样,别看他们自己妖力不行,但在妖力研究上,这两位绝对是天才中的天才。我手上所有的法宝都是这两位帮我炼化的,找圣僧还得靠他们,请您多包涵,多包涵!"

小白龙愤愤地收手。

"哦,那就让他们试试吧。"悟空说。

悟空心想:自己的妖力修炼得都这么烂,还能对妖力有什么认识呢?

别看两个兔儿爷看上去不起眼,但带来的东西很唬人。狮王拎着一个巨大的箱子跟在他们后面,另外还有七八个小妖抬着三四个大箱子。

"大先生,你可不要骗我们兄弟啊。"双耳兔说。

"这里真的有时间法宝?"单耳兔跟着说。

"看上去不像啊,你看这个地方破的。"双耳兔说。

"不过就算你骗我们,我们也不跟你计较了。"单耳兔说。

"我们看到了活的大圣啊!"双耳兔说。

"你不是吹牛说自己跟大圣爷爷关系特别好吗?"单耳兔说。

"你能不能跟大圣爷爷商量商量,让我们研究研究他啊?"双耳兔说。

"他那么短的时间就练成了七十二变,他的身体肯定跟我们不一样。"单耳兔说。

"而且他不用化成人形就可以修炼。"双耳兔说。

"要是他肯给我们研究,我们保证不切片。"单耳兔说。

"就算切片也只切一小片,不会把他切成一片一片的。"双耳兔说。

"闭嘴!"大先生呵斥道,"大圣爷爷你们切得动吗?玉皇

- 043 -

大帝当年想砍大圣爷爷的脑袋,天庭仙兵一刀下去,大圣爷爷的脑袋安然无恙,仙兵反倒碎掉了。"

"玉皇大帝不懂材料学啊,我们可以先从分子结构上面去分析一下大圣爷爷的身体到底是什么构造,然后再上一些软化剂,肯定切得动的。"单耳兔说。

"就算仙兵不行,我们还可以上水刀呀。600兆帕压力,0.05毫米的蓝宝石喷嘴。"双耳兔说。

"加上金刚砂磨料。不是我吹啊,200兆帕就可以把金刚石切成两段,600兆帕加金刚砂磨料,世上没有什么能挡得住一刀的。"单耳兔说。

"只要你抓住了,别让他动。"双耳兔说。

大先生脸都黑了。

"大圣爷爷您别生气啊,他们就是这副德性,所以一般我不带这两个家伙出来见人。"大先生跟悟空说,然后又转过头来对两个兔儿爷说,"你们赶紧把设备弄好,把结果弄出来,我保证,你们能活着离开这里。"

两个兔儿爷一愣,长耳朵急速抖动,似乎意识到了什么,转身对后面的小妖说:"快快快,把设备架出来,赶紧给大圣爷爷干活。"

狮王的大箱子先打开了,里面是一台黑色的机器,上面全部都是旋钮。随后几个小妖抬的箱子也都打开了,有雷达一样的东西,还有超大的显示屏等。在两只兔儿爷的指挥下,小妖们开始拼装机器。这时两个兔儿爷又吵起来了。

"先装妖波雷达。"双耳兔说。

"先装妖波雷达,会对观测数据造成影响的。"单耳兔说。

"我们读取中间的一段数据不就行了吗?"双耳兔说。

"我妖力比你高,你应该听我的。"单耳兔说。

"谁妖力高就听谁的,那我们不如全部都听那个傻子的啦。"

双耳兔毫不留情地用手一指站在边上的狮王，狮王似乎已经习惯了，也没生气。"当然是听聪明的，我比你聪明！"

"谁说你比我聪明的？"单耳兔说。

"咱妈说的，咱妈一直都说我比你聪明。"双耳兔说。

"咱妈的话能信吗？咱妈还说胡萝卜比苜蓿草好吃呢。"单耳兔说。这件事似乎十分重要，一下就让双耳兔哑口无言，于是就按单耳兔的要求装那个什么妖波雷达。

"就这两个家伙，一年要挥霍掉我三分之一的利润。"大先生对悟空说，"不过他们两个真的是天才，用人类的高科技研究妖力，世上独一无二！"

机器装好了，两个兔儿爷开始忘我地投入工作中。悟空等了一会儿，觉得无聊，就走到两个兔儿爷后面看他们忙。双耳兔和单耳兔手上都拿着一台像平板电脑一样的东西，上面飞快地滚动着一些数据。

"你们用这种东西就能检测出里面的妖力？"悟空好奇地问。

听见悟空这样问，双耳兔不耐烦地抖了抖耳朵，理也没理。单耳兔说："你们这些普通的妖怪当然不能理解。"

悟空眉头挑了挑。

"妖力也好，其他的什么力也好，其实都是能量的不同表现形式，既然是能量，就必然有它的检测方式。在我们看来，所谓的妖力无非是一种波而已，只要能找到这种波，就可以用人类发明的这些东西去检测它，甚至还可以度量它！不过我说，这里真的很有意思啊，我们刚刚查了一下，这个洞里曾经发生过非常非常大的妖力波动。这么看的话，真的有可能是时间法宝，因为改变时间需要的能量是非常非常庞大的，你们这种普通妖怪可能都没法想象。"

悟空眉头又挑了挑，但单耳兔也不理他，转过去跟双耳兔交头接耳，两人还不时对着空气嗅一嗅，可能是在交流那些数据。

悟空在边上来回绕了两圈,什么也看不懂,只好走到边上,从大先生手上接过一支烟,跟大先生蹲在一起吞云吐雾。

小白龙也百无聊赖地跳到一棵树上刷手机去了。先前他也到机器前张望了两眼,但那两只兔子似乎特别讨厌他,动不动就让他别碍事。知道他是小白龙后,一只兔子说:"富二代最烦了,屁本事没有,就知道碍事。别人做正事,他在边上看来看去,搞得像他看得懂似的。"

另一个立马酸溜溜地跟着说:"是啊,也就泡妞厉害。看来看去,可能以为我们机器里面有漂亮小姑娘呢……"

小白龙气得要死,但又不好翻脸,只好躲得远远的,眼不见为净。

过了四十几分钟,两只兔儿爷一边争论着一边走到大先生和悟空面前。在他们俩面前站定后,两只兔儿爷相互点了点头,似乎关于什么想法达成了一致。然后单耳兔对悟空和大先生说:"我们刚才测算过了,里面确实是时间法宝,那种妖力波动非常奇特。"

"这是我们见过的最大的一次妖力爆发!"双耳兔说。

"这妖力之大,我要是说出来的话,能把你们这些普通妖怪都吓死。"单耳兔说。

"有屁快放!"大先生说。他看见悟空的眉头已经挑得很高了。

两只兔儿爷明显很不开心,抖动了好几下耳朵。悟空估计这两只兔儿爷在用他们自己的语言骂人。

双耳兔清了清嗓子说:"我们通过测量遗留妖力的流失速度,推算出来这次妖力爆发应该是在七天前。不排除在此之前还有过妖力爆发,但影响应该已经不大了,因为妖力呈现明显的波形结构……"

这时单耳兔似乎突然想起了什么,插嘴说:"哎,要是我们把今天的这个结果整理一下发表到国际期刊上,你说能不能得诺贝尔奖?"

双耳兔的注意力立刻被他兄弟吸引走了,转身对单耳兔说:"你想什么呢?人类那么傲慢,他们会把诺贝尔奖颁发给两只兔子?我看可能性不大。而且你要知道,我们又不需要靠得奖和发期刊赚取经费,我们不是有这个冤大头吗?"双耳兔一边说一边不留情面地指了指大先生,"浪费那个时间去整理这些东西,不如再瞧瞧有没有什么其他新发现。"

大先生的脸又有点黑了,双耳兔看着大先生,似乎也意识到什么,然后说:"我们说你冤大头是表扬你啊……" 然后他就卡住了,似乎凭他的聪明才智也圆不回来了。

"你们只要告诉我们,圣僧他们大概什么时候能出来?"大先生一边有些疲惫地问他们,一边把手比成刀状,掌心对着自己,在胸前一下一下地切着,以加强自己的语气。

"哦,对对,什么时候出来。根据我们测算的这一次爆发的力度,大概推算了一下,如果所有的力量全部都用于时间穿越的话……"双耳兔又看了看单耳兔,单耳兔点了点头,似乎再次确认了答案,双耳兔继续说,"我们推算出来的时间是一百五十年上下。"

"正负波动应该在三十年。"单耳兔在边上补充了一句。

悟空瞬间就炸了,猛地一下就站起来,树上一直关注着这边的小白龙也坐直了。

"我要在这里等一百五十年?"一瞬间,又惊又怒的悟空身上的妖气都爆发了出来。

两只兔儿爷往后退了一步。双耳兔迟疑了一下,突然喜上眉梢,鬼头鬼脑地捂着嘴笑,然后他又和单耳兔相互看了一眼,两个人都忍不住哈哈大笑起来。

单耳兔说:"哎呀,要是放在以前,大圣爷爷泄露出来的这种妖力，能把我吓得立刻在地上打洞！"

双耳兔说："是啊是啊，但是我们刚才看过了时间穿越的妖力爆发，现在这种程度的已经吓不住我们了，哈哈哈！"

悟空脸也黑了，阴沉得像要滴水似的。

这时边上的小黑说："哎，你们说这个妖力爆发是七天前，但圣僧他们进去没多久啊？"

"不是七天前进去的？"双耳兔说。

"是啊，进去没多久啊。"小黑说。

"哦，那……那可能是被时间乱流裹进去了……那根本就没能进行时间穿越啊，唉，可惜了……"双耳兔和单耳兔都面露惋惜之色。

"我们还想看看时间穿越过后生物体会变成什么样呢。"

"对啊，如果能找到的话。"

"那如果只是被那个什么时间乱流裹进去了，大概多长时间会出来呢？"小黑问。

"这个时间乱流，就是时间跨越过程中能量过于强大，引发的小范围时间错乱现象。被乱流卷进去其实不能算时间穿越，只不过是在固定的时空内，把人往前或者往后送了一小段。"双耳兔说，"根据我们的推测，妖力爆发后时间妖力波的流逝非常快，如果是今天进去的话，现在这个程度的妖力波，打乱的时间最多是……长则四五个小时，短则两三个小时吧。如果是昨天进去的话，最多也就七八个小时。"

悟空的一颗心总算放了下来，伸手就跟大先生要烟。大先生自己点了一根，然后甩给悟空一根，说："你们这两个家伙，别动不动就吓唬人好不好？"

不远处，树上的小白龙也坐了回去。

双耳兔不满地抖动着耳朵说："你们又没跟我讲是什么时候进去的，我哪儿知道啊，我们又不是有意吓你们的。"

单耳兔也抖动着他的一只耳朵，对双耳兔说："哎呀，不用跟他们多啰唆，他们这些普通妖怪，哪儿能像我们这么严谨。"

"也对也对，"双耳兔说，"我不跟你们多啰唆了。我要让傻大个儿赶紧回去再搬几台存储器来，这一次发现的数据特别多，我们要全部存下来。"

可能是想到自己马上就要拥有那么多的数据，单耳兔突然傻笑起来。双耳兔看了他一眼，也忍不住傻笑起来，然后两个人又兴冲冲地准备回去忙。

大先生在后面喊："哎！我说，这次我发现这个时间法宝，给你们研究，下次我让你们做法宝的时候，你们也给我抓紧点，别总让我等啊。"

单耳兔不耐烦地说："知道了，知道了。"

双耳兔回头看了大先生一眼说："你真是烦死了，整天做那些破法宝，一点挑战性都没有。要是按你的要求，我们俩整天都要忙塑形、调整妖力属性、罐装这些破事，都是重复劳动……"双耳兔想了想，似乎想起来自己刚才说金主大先生是冤大头，得挽回一下，于是说："算了算了，你也就这点出息。下次我搞个自动化流水线给你批量生产行不行？别整天用这破事烦我们。"

大先生也不介意双耳兔的态度，赶紧跟了一句："这可是你说的啊。"

双耳兔说："我说的，我说的……"然后抖着耳朵，回头继续看数据。

大先生似乎又想起了什么，问道："哎，你们能不能帮我们从这个洞里把这个时间法宝给找出来呀？"

单耳兔回头看了大先生一眼，然后说："嗯……进去找，倒不是不行，根据我们的推算，大概再过个两天，这洞里面的时间乱流就能全部平息了。不过我话要说在前面啊，这么大的妖力爆发，我们不认为有什么物质可以承受得住，所以你所谓的时间法宝，很可能是一次性的哦。"

"99%！"双耳给了一个概率值。

提到时间法宝，连悟空也忍不住看了一眼这边，小白龙又坐了起来。听到基本可以确定法宝是一次性的，悟空放心不少，小白龙却和大先生一样满脸失望。

正当大先生准备转身去旁边继续抽烟时，突然屁股一疼！

"我靠！我有没有说过，你个小王八蛋再敢捏我屁股……"

大先生捂着屁股回头，准备对小黑痛下"杀手"时，却突然愣住了，因为在他身后的小黑满头是汗，脸色惨白……

"老大，你有没有想过，会不会是有什么东西，七天前穿越了一百五十年的时间，来我们这儿了……"

第六章

时间乱流

听到小黑的猜测,一瞬间,大先生心里的恐惧像熊熊野火一样燃烧起来。正在这时,单耳兔却突然比出一个胜利的手势,高喊了一声:"耶!"而双耳兔却垂头丧气,连耳朵都耷拉下来了。

单耳兔得意地对双耳兔说:"胡萝卜抱枕今晚本来就是我用,所以明天还是我用,后天也是我用,哈哈哈哈!"

双耳兔气愤地说:"下次我一定会赢!"

大先生看着这两个兔儿爷的举动,忍不住问:"你们俩在干什么?"

单耳兔兴高采烈地说:"我刚才跟我兄弟打赌,猜谁会第一个想到这件事。我猜是小黑,他猜是你,结果你不争气啊,我就赢了!"说完,单耳兔看向悟空和小白龙,小白龙想躲到树叶后面,没成功。"当然,我们没提普通妖怪,他们肯定想不到,特别是那种脑子里只有女人的小白脸!"

小白龙气得脸更白了。

"那是有什么东西来了吗?"小黑咽了咽口水,声音有点干涩。

"放心,法宝存在的可能性只有1%,有东西穿越过来的可能性连1%都不到。不是我说,你们的这个智商啊⋯⋯"单耳兔停住了,他在等着双耳兔接话。然而双耳兔刚刚输了使用胡萝卜抱枕的机会,这会儿心情正郁闷,一声不吭。

单耳兔颇感无趣,抖了抖耳朵,自言自语道:"答案其实已经告诉你们了呀。刚才我不是跟你们讲了吗,穿越时间需要极其强大的妖力,连法宝都只有1%的概率能承受得住这种巨大的能量，更别说是活物了。所以呢，只有两种可能，要么是什么法宝自己穿越过来，要么就是真的有什么活物想穿越过来，但那样就跟自杀没什么区别，99.99%以上的可能，连法宝带人都在这次穿越中被摧毁了。"

"我还是没听懂，先前我们在洞里不就穿越了吗？我们自己甚至都没感觉到。"小黑继续问。

单耳兔耳朵抖了半天，似乎在感叹这世界上怎么会有这么无知的妖怪，然后他耐着性子解释道："你们那根本就不算穿越。我们一直说，你们是被时间乱流裹挟了，往前或者往后挪动了一点点。"

小黑依旧一副听不懂的表情。

这时一边的双耳兔突然接话道："算了算了，我来跟你打个比方吧——当然，我不喜欢打比方，不严谨，但不打比方你们这种普通妖怪又理解不了。我们把时间比喻成一条瀑布，成千上万吨水从高处倾泻下来。要穿越时间，不管是去过去还是去未来，都类似于直接承受这成千上万吨的水砸在身上，而且不光是砸在身上，你屁股下面还得有更大的力量，推着你逆流而上。这两股力量一压，中间没有什么能承受得住，懂了吗？而时间乱流就是逆流而上的力量和瀑布撞击的一瞬间四处飞溅的水流，被卷入时间乱流就是你正好被裹进了飞溅的水流里。"

"穿越是长距离的、有目标的、能预测的，而乱流是短时间的、无目标的、不能预测的。"单耳兔补充了一句。

小黑和大先生都长长地叹了口气，放下心来。然而他们都没有注意到，边上的悟空满脸都是惊疑神色。

"等我师弟和师父出来后，我会立刻把这个洞给封起来，你们就别进去了。"悟空突然说。

"凭什么呀？为什么呀？"两个兔儿爷同时抗议起来。

"这么危险的地方，必须封锁起来。"悟空说。

"你知不知道这种时间穿越现场有多大的研究价值?"单耳兔说。

"是啊是啊,你什么都不知道,凭什么你来做决定啊?"

悟空也没废话,从耳朵里掏出了金箍棒,轻轻一晃迎风变大,然后狠狠地往地上一夯,大地震了一下。

单耳兔和双耳兔耳朵一阵急促地抖动,相互看了一眼,撇了撇三瓣嘴不说话了。接着两只兔子更加着急地忙了起来,想赶在悟空封洞之前得到更多的数据。

大先生和小黑对视了一眼,心里都了然——悟空要封洞,肯定跟他在洞里遇到的东西有关系,只是不知道到底是什么。会不会是真的有东西穿越过来了,连悟空都丧失了战斗的勇气,只想着把这个洞一封了之?

大先生、小黑和悟空又蹲到边上开始抽烟。自从这几个人碰到一起之后,似乎大家烟瘾都变大了,反正只要大先生在,其他人就源源不断地跟他要烟。

两只兔子在机器面前忙个不停,连喝水吃饭都顾不上。狮王又抬过来好几只大箱子,然后用非常粗的线缆接上机器。数据量估计真的非常庞大,两只兔子收集得不亦乐乎。

忙着忙着,双耳兔对单耳兔说:"晚上那个无知的妖怪要封洞,我想进去看看,你要不要跟我一起来啊?"

悟空在边上挑了挑眉,而单耳兔头摇得像个拨浪鼓,说:"这么危险的地方,我可不想进去,而且我劝你最好也不要进去,你进去我肯定告诉咱妈。"

双耳兔故意不往悟空这边看,继续说:"告诉就告诉,我还怕你告状吗?我就这么跟你说吧,我肯定是要进去看一眼的,不然我这辈子都不甘心,你要怪就怪那个无知的妖怪!"

悟空又挑了挑眉,对大先生说:"你到底管不管,不管我帮你管了……"

大先生一脸苦笑。

两个兔儿爷回头看了眼悟空，双耳急促抖动，然后声音立刻就小了。悟空估计他们在编排自己，但听不见，也就算了。

两个兔儿爷交头接耳了半天，然后双耳兔就捧着它那台像平板电脑的东西在洞口探头探脑，看了半天，最后终于小心翼翼地进去了。

"要是被裹到乱流里面怎么办啊？"单耳兔在外面喊。

双耳兔的声音从洞里面传出来："这还不简单吗，你在外面等几个小时就行了嘛！你现在怎么胆子也跟那些无知的妖怪一样小呀，你不知道恐惧是来源于无知吗？你现在也算是有一点知识的妖怪了，怎么还这么害怕已知的东西呢？"

悟空骂了一句，站起来就要打两只兔妖，结果小黑一把拉住了悟空，说："大圣息怒，大圣息怒，这两个家伙就这样！"

大先生更是恭敬地递烟、点火、点头、哈腰。"大圣爷爷息怒，大圣爷爷息怒……这两个家伙因为他们的脾气也不知道吃了多少苦，但只要没死，他们的贱嘴就管不住。现在还得靠他们干活，不能真打死他们啊。"

悟空又憋屈地蹲回去了。

单耳兔也不回头看，似乎认为自己只要不看，后面的一切就没有发生。他在洞外面"喊"了一声，对双耳兔说："知道归知道，但这洞阴森森的，又那么大，大得我都不知道该往哪边靠。我们的兔子洞多好，小小的，躲在里面极有安全感。"

接下来，单耳兔又到机器前面忙去了，洞里双耳兔也不吱声了。

过了大概五分钟，单耳兔突然在外面大声地对着洞里面喊："喂，卯甲，你在里面是不是做了什么事啊，我这边的数据怎么波动得这么厉害？"

然而漆黑的洞里什么声音也没有。

"卯甲，你不会掉到乱流里面去了吧？"单耳兔有点紧张了。

正在这时,突然从洞里传来一声凄厉的尖叫。洞外面的单耳兔吓得跳了起来——是真跳了起来,有两层楼高——然后大喊道:"卯甲,你他娘的别吓我啊,你要吓我的话……我回去告诉咱妈。"

而洞里自那一声尖叫后就再也没有任何声音了。

大先生"腾"地一下站起来,脸色惨白。

单耳兔看向大先生,耳朵急速地抽动着,一副想冲进洞又不敢的样子。

悟空从耳朵里掏出金箍棒就准备往里冲。这时,大先生在后面拉了他一把。悟空回头看了眼大先生,大先生犹豫了一下,然后说:"大圣爷爷,小心!"

悟空没理他,往盘丝洞里直冲而去,同时小声嘀咕了一句:"他大爷的,在老子面前嘚瑟,出了事不还是得靠我这个'普通的无知妖怪'!"

小白龙也从树上跳下来了,准备接应悟空。

悟空一头冲进洞里,只见里面黑乎乎的,没走七八米,悟空就看见了那个怪物。

那怪物分不出头尾,像一条巨大的鼻涕虫,这会儿正弯着腰吞噬着双耳兔。

让悟空心惊的倒不是这怪物的外形,而是他感觉到,这怪物的体内似乎蕴藏着相当大的妖力!

悟空紧了紧手中的金箍棒,大喊一声:"何方妖孽?报上名来。"

那怪物停止吞噬双耳兔,一个似乎是头的部位向悟空这里转了过来。悟空刚准备开打,怪物的体内突然又钻出来一个"头",仔细一看,似乎是个女人。

"哎,大圣你们出来了?"

悟空仔细一看,居然是朱红衣!而那个长得像鼻涕虫的怪物也翁声翁气地说:"大师兄你已经出来了?哦,对了,妖孽?哪里有妖孽啊?"

那条"鼻涕虫"放下双耳兔四下查看,一边看一边说:"你看见师父和沙师弟了吗?他们跟我们一起进去的。还有啊,这个兔妖怎么回事呀?为什么见到我叫了一声,就直挺挺地躺地上了呀?我也没干啥啊,我就看他手上拿的好像是最新款的平板电脑,我还没见过实物,就走到他身后问了句,他也不至于吓成这样吧……"

悟空又看了看,总算在一堆破破烂烂的东西里看到了一根猪鼻子。那些破破烂烂的东西先前都垂在双耳兔身上,悟空还以为双耳兔被吞了呢。

悟空把金箍棒收进耳朵,冷声问:"你身上怎么回事?"

朱红衣说:"哎呀,不好意思,是我的蛛网。猪长老先前吓了我一跳,我甩了他一身蛛网,又粘上了衣服,现在拿不掉,要回去泡药水,才能……"

悟空这才看清了八戒满身的碎蛛网。

"你身上黏的是谁的衣服?"悟空问。

八戒得意地笑笑说:"我自己的啊,我怕衣服丢了就粘在身上,这样我还能空出两只手做事。"说完他还得意地转了转身,挥舞着双手给悟空展示。

悟空心想,这般形象,真的谁见了都得吓一跳。

"对了,你刚说什么妖孽,大师兄,你快告诉我啊,在这洞里还有点吓人呢。"

"什么妖孽,就你这头妖孽!猪妖!"悟空没好气地说。

八戒和朱红衣出来了,但三藏和沙僧还没出来,大家继续在外面等。

双耳兔被掐了半天人中,总算是醒过来了。单耳兔把双耳兔拉到一边,对着双耳兔的耳朵说:"我告诉你,刚才你一叫大圣就准备冲进去救你,但是大先生啊,他居然拉着大圣,不让他进去。"

看起来是躲到一边说悄悄话,但声音很大,大家都听到了。说完后,两只兔子一齐回过头来看向大先生,大先生脸都白了。

"这不是搞不清楚里面什么情况吗,我想搞清楚了再让大圣进去啊。万一大圣中了陷阱,就彻底救不了你兄弟了。"大先生辩解道。两个兔子不说话,继续盯着他看,大先生额头上出现了肉眼可见的汗珠。

两只兔子又嘀嘀咕咕不知讨论了些什么,最后双耳兔回头对大先生说:"算了算了,你的解释还是符合逻辑的,我不跟你计较。"

大先生这才放下心。

两只兔子一起走到悟空面前,双耳兔说:"大圣爷爷,我再也不说你坏话了,你以后就是我真正的朋友!"他一边说一边瞥了眼大先生,大先生郁闷地连抽了几口烟。

单耳兔说:"是啊是啊,其实我们也没什么坏心思,小兔子能有什么坏心思呢?就是跟您开玩笑呢……"一边说一边还装可爱。

只可惜他一只耳朵长一只耳朵短,脸上也是人脸兔脸各占一部分,再挤眉弄眼的,别说可爱了,甚至都有点恐怖。悟空实在是受不了,连忙说:"好了好了,我知道了,你们该忙什么就忙什么。"

两个兔子回去继续忙,一点小插曲并没有打消掉他们的科研热情。

大先生闷头抽烟,悟空看看大先生,说:"你至于吗?"

大先生苦笑着说:"大圣,您是不知道啊,这两个家伙什么事都能做出来。有一次就因为我不小心得罪了他们,他们在那个会飞的卡片上做了手脚,一会儿冲到一两千米高,一会儿又突然掉到离地面只有几寸。我在天上飞了七八个小时才下来,可把我冻坏了,也吓坏了。"

悟空说:"活该!不修炼妖法,一天到晚就靠这些身外之物,现在被他们拿捏得死死的,你怪谁?"

大先生说:"这也是没办法呀。我吭哧吭哧修炼十天,抵不上那些有天赋的修炼一个小时。说实话,修炼这方面我是彻底死心了。倒不是怕吃苦,但实在是打击太大。每次修炼对我的自信心就是一次打击,我都被伤得千疮百孔了。"

又过了不到半小时,三藏和沙僧终于出来了。这时已快到七月,正是一年中白天最长的时候,但天边的晚霞已灿若火烧。

悟空用金箍棒在盘丝洞上方的石壁上狠狠砸了一棍,掉下来很多大石头,把整个盘丝洞彻底堵死。

看着盘丝洞被堵得严严实实,朱红衣和朱紫璃的神情都有些复杂。

两只兔子倒是惊喜地发现,妖力波尽管变得微弱了,但依旧能够探测,于是让大先生"戴罪立功"给他们建个简易房,他们就住在这里做研究。

"还能研究几天啊,搭个帐篷吧,不然太浪费了。"大先生说。

"那不行!"单耳兔说。

"晚上连个空调都没有,想热死我们啊!"双耳兔说。

"那把边上废弃的房子给你们整理出来一间呢?带个发电机和空调过来就行了。"大先生说。

"不行!一股霉味儿!"单耳兔说。

"这样吧,房子建好,今天的事,我们就不跟你计较了!"双耳兔说。

"你刚才不是已经说不跟我计较了吗?"大先生有点急了。

"刚才是刚才,刚才我说你也不信吧,这次是真的!"双耳兔理直气壮地说。

"我们是不在乎,但这些机器娇贵着呢,万一要是受了潮、长了霉,那就要重新买了,到时候就不是几万、几十万了……"

"行行行,祖宗哎,我给你们建!但是那条流水线下个星期给我……"大先生说。

单耳兔和双耳兔对视了一下,然后说:"下个月!"

"成交!"大先生笑呵呵地答应了。

单耳兔和双耳兔耳朵一阵抖动。

"我怎么感觉,又上大先生的当了!"单耳兔说。

"唉,我也有这个感觉……"双耳兔说,他抖了抖耳朵,"算了,跟他这种市侩的冤大头有什么好说的。本来咱们也准备下个月把流水线给他的,天天催,咱们也受不了。"

"也是!"他们似乎是在窃窃私语,但是声音依旧大得所有人都听得到。

第七章

以身饲你

众人回到濯垢泉，小八还在和成筐的线索战斗。

"小八老师，你还在忙啊？"沙僧跟他打招呼道。

小八一听顿时眼睛笑成了两条细线，笑眯眯地说："是啊，我告诉你，我马上就要找到一撮毛了！找小二子的大姐可能有点难度，但认识一撮毛的人这么多，要找他可以说是探囊取物！"小八把手在面前一挥，做了一个抓东西的样子，"我这边锁定目标后，明天就可以去抓他。"

沙僧说："明天去的话，喊我一声，我跟你一起去。"

小八说："好的。"

大家都很累，连八戒都没有吃晚饭，甚至连满身的蛛网都不顾了，直接就回房里睡觉。

第二天一早，除了三藏依旧起得很早，其他人都睡到了日上三竿，九十点钟的时候才起来。沙僧一起床就去饭厅，结果发现小八已经走了，给他留了张纸条说："等我电话，一有消息就喊你。"

八戒裹着一身蛛网来吃早饭，天气热，他身上又酸又臭，熏得大家都没胃口，于是大家拿了吃的，各自找地方去吃。

大家都觉得事情千头万绪，但一时又不知道该从哪里入手，又都回到了往日的生活状态。大先生还没过来，小白龙也没过来；悟空吃过早饭后，照例找地方抽烟；八戒吃完饭后，小娘把溶解蛛网的药水倒在院中的温泉池里，他便跳进去泡，没一会儿就传来了山响般的呼噜声。

沙僧把前天晒干的衣服全部都收了回来,怕身上的汗沾上衣服,就抱着衣服往客厅走,打算就着空调的凉气叠衣服。一进门,他就看见三藏靠在一张椅子上看书。

屋外知了热得叫个不停,客厅的冷气很足,吹得身上干燥凉爽。三藏放下手中的经书,看沙僧把衣服一件一件地提起来,仔仔细细地叠好、归类。

"悟净,这次找小二子的大姐,你好像特别上心,这是为何啊?"三藏问。

沙僧停下手上的动作,似乎被师父这么一提醒他才意识到这个问题,想了一会儿说:"师父,我年轻时杀戮成性,第一次杀人时杀死了一对姐弟,当时觉得没什么。但此次西行取经,我跟在师父身边耳濡目染,如今想起此事却越来越觉得揪心,特别是想到当年那对姐弟看着我时那两双黑漆漆的眼睛。小二子跟他姐姐的感情想必也很好,所以我想帮他找到姐姐,当然算不上赎罪,但总能让我心里好过一些。"

三藏颇为欣慰,点了点头说:"悟净,你能发此愿,当真是放下屠刀,立地成佛了。"

沙僧微微一笑,接着叠那些僧衣。

三藏似乎又想起了些什么,神色变了变,没有继续看经书,反而愣愣地盯着虚空发呆。

沙僧也没有在意,继续叠着那些僧衣。

师父的僧衣最多,而且换得也勤。小白龙平时是马的形态,也不换什么衣服。这一次住进濯垢泉后,他不住在这个院子,他的那些华贵的衣服似乎全部是小娘在打理。说实话要是真拿过来,沙僧反倒犯愁,不知道该怎么洗。八戒的衣服尽管不多,换得也不勤,但都很大,洗起来很累,叠起来也麻烦。沙僧给师父洗衣服的时候,八戒都厚着脸皮把衣服硬塞过来。沙僧不知道大师兄换不换衣服，没见他洗过，也没见他换过，但是他的衣服除了旧，却不太脏，很多时候甚至纤尘不染，也不知道他怎么做到的。师父也提过，自己的衣服自己洗，但沙僧不肯——这点事情都做不到，还做什么徒弟呢？他只有这么个朴实的想法。

窗外，蝉声嘶力竭地唱着歌，八戒的呼噜声夹杂其中。那呼噜一声高一声低，忽然还停一会儿，然后又报复一样狠狠地响起来。

"悟净……"

"哎，师父，什么事？"沙僧笑呵呵地答道，手上依旧不停地叠着僧衣。

"我好吃吗？"三藏小声问。

"啊？"沙僧一时没反应过来。

"我是说，我前九世取经，"三藏的语调突然变高，变得有些愤恨，"都在流沙河畔被你吃了！"接着，他稳了稳自己的情绪，缓缓地问道："我就想问问，我好吃吗？"

沙僧脸色大变，手上的僧衣悉数掉落，呆呆看着三藏。

"最近不知为何，我想起了很多以前的事情……"三藏的神情似乎有些痛苦，又有些自怜，自言自语般说着，"我想起了前九世中不知道哪一世，被你吃掉的过程……那时我还活着，你就已经开始吃……"三藏痛苦地闭起眼睛，额头上一根青筋跳动着。

"我很疼！又很怕！心若死灰！我没做过坏事，为什么要这样对我？我甚至，我甚至，我甚至诅咒佛祖……"

沙僧原本就木讷的脸色似乎更加呆滞，而且带上了一层晦暗。他愣愣地看着面前痛苦的师父，过了很久，似乎是在向师父辩解，又似乎是在向自己辩解似的说道："我那时被幽禁在阴寒彻骨的流沙河底，还要受每七日百剑穿胸之苦，不知何时才是尽头。我对一切活着的生物都痛恨无比,流沙河畔的活物都被我杀光吃尽……"

沙僧原本就不善言辞,此时更是不知要如何解释自己那时蒙受的苦难和由此引发的仇恨,说着说着就停下来了。然后他长长地叹了一口气,把掉在地上的衣服捡起来放在椅子上,向三藏鞠了三躬,然后转身准备出去。

"你去哪儿?"三藏在身后问。

"师父不能原谅,我能理解……我会回流沙河底,继续受那七日百剑穿胸之苦……徒儿不会再增杀孽,只希望能赎罪万一……"

三藏脸色涨红,说:"我让你回去了吗?"

沙僧愣住了。

"佛祖以身饲虎,贫僧就不能以身饲你吗?只要你还是我徒儿,我就不会再让你流落到流沙河那种地方!"

两米多高的沙僧扑通跪地,大喊道:"师父!"然后伏下身子,号啕大哭!

小八一直没回来,电话倒是接了两次,但每次也都是很含糊地说"在查""已经有眉目了",让沙僧别急。

大先生跟悟空去看山神老头盖房子,施工队的速度倒是挺快的,这才第四天,地基已经快打好了。山神老头到处溜达,监督工人干活,还端茶、倒水、敬烟,就怕工人偷工减料。

看见悟空和大先生,山神老头非常热情地"哎哟"了一声,然后就冲过来迎接他们,同时从手上那个皱巴巴的烟盒里掏烟。大先生瞥了眼那烟盒——两块五一包的,现在都不知道哪里还有卖的,也真是难为他了。

大先生非常热情地拒绝了山神老头的烟,然后从口袋里面掏出来一包金东江,把烟分给了山神老头和悟空。山神老头不好意思地讪笑着接过烟,然后打着打火机给大家点火,随后三个人在路边蹲成一排。

"今天小黑没过来吗?"悟空问大先生。

"小黑啊,小黑去接人了。院里不是有个姑娘中了邪吗?我看白龙公子挺在乎的,就让小黑去接一个专门研究邪术的人来看看。"

"哦,那个阿娇啊。"悟空应了一声,"昨天那两个兔儿爷的房子盖好了?"

"昨天晚上就搞好了。调了个集装箱简易房过去,所有的东西都是现成的。昨天晚上不诈他们一下,还不知道那条流水线要给我拖到什么时候呢。"

"到底是什么法宝啊,能用流水线生产?"悟空不禁好奇道。

大先生从口袋里摸了摸,摸出来一张薄薄的贴纸递给悟空,说:"来,这张送给你,就是这玩意儿。"

悟空拿到手上一瞧,贴纸上画的是一个人形,散发着金黄色的光。他稍微感受了一下,还确实是件法宝。

"这玩意儿怎么用?"悟空问。

大先生说:"你随便在身上找个地方贴上,然后你只要稍微输送一点妖气进去,身上就会发光。"

"哦?"悟空一边问,一边随手把那张薄薄的贴纸贴在了手腕处,贴纸一碰到手腕皮肤就自动贴合上去了。悟空心念微微一动,果然,身上立刻冒出了金黄色光晕,看上去流光溢彩。

"到底是大圣爷爷啊!"大先生感叹道。

"然后呢?"悟空小心翼翼地降低妖力,他不想太过明亮,免得引起工人的注意。

"然后?什么然后?就这样啊。你不知道这东西?这东西现在在妖怪世界里可火了!"

悟空惊呆了,不再控制妖力,身体自然溢出的妖气让金黄色的光晕更加光彩夺目。悟空一把撕下贴纸，说："这有什么用？这东西能卖得出去？"

大先生得意地说："这东西卖得可好了，而且可贵了。你别小看我给你的这张，这张价值二十几万。"

"啊？！"不光悟空，连边上的山神老头都惊呆了。

"不是我倚老卖老啊，你这个卖得也太贵了，你卖这么贵谁买呀？想骗钱，可以理解，但你这么离谱骗得到谁啊？"山神老头循循善诱，不小心说出了自己的真心话。

"我给大圣的这张是金色限量版，所以价格稍微贵一点。我们平常的版本很便宜的，大概六万到七万块钱一张吧。我告诉你们，买的人多着呢，手工做都来不及，所以才准备上流水线嘛。"

悟空看了看手中那张跟普通透明贴纸一样的东西，想到自己抽的那一百块钱一包的香烟，这么一张破贴纸能抵得上两千包，心理也有一点失衡了，说："现在妖怪都这么有钱了？"

大先生说："也不是，很多认为自己很'潮'的妖怪会省吃俭用来买这东西。"

"很'潮'的妖怪，他们是水妖吗？"山神老头问。

大先生一副"跟你们这些老古董说不清楚"的神情，说："非也非也，'潮'是人类的一种说法，意思就是很时尚。而时尚，就是流行！当年大圣爷爷刚出道的时候，我听说妖族不是也流行过虎皮超短裙吗——当然这几年是没有这么穿的了。"大先生干脆一次解释到位。

"那他们为什么要买这个呢？什么用都没有啊！就算能照明，手机照一下也用不着二十万呀。"山神老头对骗钱之道还是很虚心的。

大先生说："这你就不懂了。我跟你讲，为了做这个生意，我专门请教过老师。我发现，在人类社会里有很多奇怪的商品，材质要么是纸，要么就是塑料，什么功能都没有，但卖得特别贵！而且买的人还很多！你别看我这个贴纸尽管看上去不怎么样，也没什么用，但怎么说也是件法宝啊！而且它只要一点点妖气就可以让你全身发光。大圣啊，你看就算修炼到我这个水平，想要不借助任何外力就让全身发光，那也是很难的呀！"

悟空撇了撇嘴，心想：主要是你这个水平确实太低了一点。

"但是呢，有了这张贴纸，像我这样的妖力都可以全身闪闪发光，而且换不同的贴纸还能发不同的光！"

悟空想了想说："那这个贴纸还是有点作用的，它可以放大妖力，是吗？"

大先生头摇得像拨浪鼓："不能，不能，能放大妖力的法宝就不是这个价格了，后面再加两个零、三个零、四个零都有可能！这张贴纸的原理，我问过那两只兔子，他们跟我讲，妖力是一种综合的能量，就好像你点了一把火，既有热量也有光，而贴纸的作用就是把你妖力里所有的能量全部都变成光！"

"所以，就还是一点用都没有了。"悟空说。

"嗯，可以这么讲。不过，那只是你们对作用的理解，实际上也还是有一点作用的。这贴纸是卯甲和卯乙这两只兔崽子在遇见我之前自己捣鼓出来的，他们用这个来吓唬其他妖怪，然后趁机逃跑，是不是很符合他们的性格啊，哈哈哈。不过这样用就太浪费了。"大先生抽了口烟，"诲人不倦"地说，"我当时一眼就看出了这东西的潜在价值！但是想要达到现在这个价格，还是要好好运作的，这里面学问就深了。为什么那些妖怪要买它？其实简单地讲，就是为了表明自己的地位！"

悟空举了举手上的贴纸，说："是说明地位低吗？毕竟妖力连发光都不行，所以只好靠它来发光。"

大先生脸色有点难看，感觉自己对牛弹琴很痛苦，抽了两口烟，说："不是这么解释的。那个，大圣爷爷，真不是所有的妖怪都有那么高的妖力，想发光就发光。一开始玩的妖怪拿到贴纸后,动不动给人家表演一下发光,别人也不知道贴纸的事,就觉得他厉害,这不就长脸了吗?所以我们头几批贴纸就卖得供不应求。但是这世上没有不透风的墙,等到所有妖怪都知道发光是靠这种贴纸……"

"那你们就只好打折促销了。"山神老头说。

大先生无语了,对山神老头说:"怪不得你堂堂一个山神老爷混得这么穷,看来完全是靠自己的'实力'啊!要按你这个想法,好好一门生意就被你玩砸了。"

山神老头也不生气,呵呵一笑,期待地等着大先生揭秘。

"这个时候要做的是提高价格,把价格提到一个普通妖怪舍不得买的地步,而早期卖出去的那些相对价格比较便宜的,就用一个很高的价格去收!"

"自己低价卖高价收?"山神老头疑惑地问。

"对!而且价格要越收越高!"

"你这才是败家子儿啊!"山神老头痛心疾首地说。

"哎,我告诉你,奥妙就在这里!不管是人还是妖,心都是贪的。当这个东西的价格不断地升高,前面有这个贴纸的都会捂着舍不得卖,就坐等这个价格越来越高。我们当年做这件事时统计过数据,我们实际上收回来的都不到两成,其实没花多少钱。但这个趋势就形成了,大家都高价去收早期的贴纸。我前段时间还看了一下,品相比较好的贴纸,最贵的都涨到了三四百万一张。再涨一涨,我就准备在前面收回来的那些里面挑一些品相普通的卖出去了。

"等这个二手市场形成了,我们后来出的贴纸呢,价格自然也跟着水涨船高。这时贴这个贴纸的妖怪心态就已经变了,不是为了发光唬别人一下,而是为了证明'老子有钱用得起这种玩意儿'!不管是人是妖都有这个虚荣心嘛。一旦玩这种贴纸的妖怪越来越多,没有贴纸的妖怪就会焦虑,你知道什么是焦虑吧?就是说，哎呀，其他的妖怪都有了，都是'潮妖'，有的妖怪自称潮妖却还没有，他就急啊，所以不管多贵他都要买！说到底，利润最高的生意就是焦虑的生意嘛！然后贴纸越来越多，想再卖出更高的价，我们就开始出限量版，把颜色稍微调整一下呀，把妖气发光的形状稍微调整一下呀。然后呢，嗯，有的贴纸上面还有编码，有的贴纸材质再换换……反正就是天天想点子。小黑想出来的最多，他每天上厕所的时候都在想。"

山神老头和悟空都目瞪口呆地看着大先生，然后山神老头说出了悟空心里也在想的话："钱这么好挣吗？"

"这些妖怪都是蠢货吗？"悟空跟了一句。

大先生哈哈大笑说："哎，我们要尊重顾客，但在我心里，他们确实就是蠢货。不过很多在里面掺和的妖怪心里其实也明镜似的，都想在里面挣点钱而已。而且我再强调一点啊，我这个贴纸总归还是有点东西的。首先，它是法宝不假吧？第二，它有一定的功能不假吧？你还没见过人类社会里那些玩意儿呢！说实话，这套玩法确实厉害，只要投资足够，老子每天拉的屎都能让一群妖怪高价买回去供起来！"

悟空蹲在边上抽了一口烟，有点悲凉地想：这世界居然已经变成这样了，而我们的经却还没有取到。

"哎，大先生，说到屎啊，我突然想起来一件事。刚才我跟设计师谈了谈，他建议我在二楼增加一个厕所，说高端别墅啊，这个卧室、客厅和厕所有一个比例，你看我能不能加个厕所呀？"山神老头说。

大先生正得意于自己的光辉事迹震惊了悟空和山神老头，于是随口说："加吧，加吧。"

在大先生这里得到了一个满意的答复，山神老头笑得灿烂，然后跟悟空说："对了，大圣啊，我还要拜托你一件事，就是我能不能搬到你们院子里去住啊？"

悟空说:"为什么?你不是在自己院里住得好好的吗?"

山神老头说:"是这样的,这段时间我看濯垢泉生意起来了,我也没钱给濯垢泉,老占着他们一个院子也不是个事,每天过来过去挺难看的。搬家呢,我这里又没建好。所以,我就想搬到你们院子里去。我就占一个房间,平时也不在院子里待着,都在这里,保证不影响你们师兄弟。濯垢泉的院子我都看过了,每个院子都有不少房间呢,你们院里就住了你们几个,空着也是空着。"

悟空也没在意,说:"要搬就搬过来吧。"

这时,悟空突然心里一动,说:"哎,小黄,你这玩意儿说不定还真有点用。"一边说,一边把手上的贴纸再次啪的一下贴到手腕上。

大先生却跟挨了一巴掌似的,说:"哎,别别别……"

但已经迟了,悟空猛然往手上的那张贴纸里输入了大量妖力。"啪——",那张贴纸居然炸掉了,把悟空整个手腕都炸黑了。

大先生捂住头说:"唉,20多万没了!"

爆炸威力很小,不疼不痒。悟空问:"怎么搞的?"

大先生说:"这东西尽管是法宝,但成本毕竟很低,能承受的力量是有限的嘛。其实我知道大圣爷爷你想做什么,你想突然输入大量妖力,让全身奇亮无比,瞬间闪瞎对方的眼睛,对不对?"

悟空点点头。

"那样就是正儿八经的法宝了,价格后面又要加零啦!这东西就是炫耀用的,都是用最便宜的材料组装的。"

悟空把手腕在裤子上蹭了蹭,把黑色的灰蹭掉,说:"不用解释了,反正就是个垃圾。那些买这个的,真的能接受得了这种垃圾?"

大先生说:"那就得靠宣传了。我们一直宣传是有意做成这样的,保证安全嘛,万一有妖怪不小心妖力输多了,把人或者其他妖怪眼睛照瞎了,那多不好!不过,也不能说只有宣传,你要知道,我们为了让这东西'垃圾'得很平均,真的花了不少钱研究呢。"

第八章

阿娇是什么

正说着，大先生的电话响了。是小黑，说他已经带着驱邪师到濯垢泉跟小白龙会合了，现在准备去阿娇那边。

"大圣爷爷去看看不？"大先生问悟空。

悟空站起身伸了个懒腰，把嘴里的烟头往地上一扔，伸出脚来踩灭了，说："那就去看看吧，反正也没什么事。"

山神老头还蹲在地上，仰着头问："你们去看什么呀？"

大先生大概介绍了一下情况，山神老头听说来了个什么驱邪师，又是连悟空都看不出来的邪物，也来了兴趣，说："我也跟你们一起去看看吧。不是我跟你们吹，小神年轻的时候对邪术这块还是有点研究的。"

"哦，你研究什么邪术？"大先生也来了兴趣。

"邪术种类多了。我跟你说，像诅咒类的厌胜、降头那都是最基本的；蛊术、幻术也是屡见不鲜；还有更厉害的入梦——不是道术里的入梦啊；还有夺寿……其实邪术也不都是害人的，但害人的比较多，占九成以上吧。"

"那走，一起去看看。"大先生说。

所谓的"驱邪师"其实是个道士，穿了件脏兮兮的宽大道袍，袖子卷了起来，嘴里居然也叼了个烟卷，这时正在阿娇的院子里设坛。

悟空瞄了眼，发现是个人类，有些微弱的法力，但怎么看都不像道行很深的样子，于是他对大先生说："这位是从哪里请来的呀？"

大先生用疑问的眼神看了看小黑,小黑说:"这位大师是朋友推荐的,据说很神奇。我朋友以前也遇到过这种事,就是他帮着解决的。"

"哦。"悟空回头看了看,觉得人类这种生物真的是不可貌相。

小白龙在边上看了半天,这时走过来跟悟空说:"我怎么感觉这位大师怪怪的。"悟空说:"是吧,你也是这么觉得吧。"

正说着,阿娇被放出来了。她出来后一看见小白龙,立刻就开始连珠炮一样地说道:"哎哟喂,这不是白龙公子吗?今天终于劳您大驾来看我了,以前见到我那个笑的呀,现在一见到我,你看这眉头皱的。不说欢迎我一下,你也不至于摆着臭脸吧!我算是明白了,我现在是遭人恨啊,每个人见到我都摆着张臭脸,我是杀了你们爹还是杀了你们妈,你们要这样对我?!"最后一句简直是歇斯底里地喊出来的。

小白龙脸一苦,往悟空身后躲了躲。

阿娇看了眼院里的情况,又疯狂"吐槽"道:"你们养只猫、养条狗,还得时不时放出来晃悠晃悠呢,天天把我关在这黑屋子里,我都没见过太阳!哎哟,我说今天怎么把我放出来了。今天还搞了个道士来,妈呀,怎么着,还要给我除妖呀?真是笑死我了。不是我说,这院里有多少妖怪,还要来给我除妖?要不要我把衣服都脱了,给这个臭道士看看,我身上是不是藏着妖精?!"说着阿娇就去解衣服扣子。

"好家伙!"大先生感叹了一句,"这不是普通人啊,白龙公子,您这个眼光真够可以的!"

小白龙连连苦笑,对边上的小娘喊道:"你们还发什么呆呀?快拦住她呀!"

两个小娘冲上前,好不容易才控制住了阿娇的两只手,不让她继续解扣子。她的外衣扣子已经解掉一半了,露出一大片白花

- 075 -

花的胸口和鲜红的肚兜。

那个驱邪大师眯着眼睛看着阿娇,然后把嘴里的烟卷吐到地上,用脚踩灭了,又咳嗽了一声,咳出来一口浓痰吐到地上,再伸出脚蹭蹭。随后他把袖子卷得更高了一点,手上拿着把桃木剑就过来了。

小白龙、悟空和大先生,包括小黑在内,所有人看得都直皱眉头,只有山神老头在嘿嘿笑。

"你这妖孽,见了本真人还不快快现形,小心道爷一道天雷将你轰得神形俱灭!"

大师的话刚喊完,阿娇居然也清了下喉咙,然后吐出一口浓痰,正好吐到了他大张的嘴里!大师顿时一阵咳嗽,对着地上拼命吐口水,等抬起身子时,整个脸都憋得通红。小黑的脸也同时红得像一块红布。

边上的小娘和小白龙都是一阵干呕。

大师毫不气馁,端起祭坛上事先调好的符灰水漱了漱口,吐到地上,又喝了一口,喷到桃木剑上,然后把剑对着阿娇一指,嘴里开始叽里咕噜地念咒。悟空倒是感觉到了一点点法力波动,但是十分微弱。这时阿娇头一抬,大家以为这点微弱的法力也见效了,心里正准备感慨,没想到阿娇又是一口痰对着这大师吐过去。大师猛地往边上一跳,居然还是没躲掉,一口浓痰正正地贴在了他的脸上!

大师愤怒了,从祭坛上拿起一张符纸把脸擦干净,在院里耍了一套剑法,刚要发功时,阿娇突然狂笑,然后说:"不是我说,你们又是大圣,又是大先生,又是小白龙,也都是有头有脸的人物,怎么请了这么个水货?这货一看就是平时在家里面种地,农闲时有空出来骗钱的。你看这个猥琐样子,一看就是爹不疼娘不爱,就算有师父也是把他当长工用的。还驱邪呢,我呸!连院里的男仆都比不上!一个男人,一辈子混成他这样,换作是我,就撒泡尿把自己淹死了！法术什么的我一个小女子不懂，但是你们看到他刚才叼的那根烟了吗，他一低头烟丝都往下掉！他算不算男人我看都要打个问号，还驱邪，还来除老娘的妖？他碰过女人吗？正常女人是什么样子他知道吗？我呸！"

大师脸涨得通红，剑也不舞了，把剑狠狠地往下一劈说："我当然碰过女人！我当然知道正常女人是什么样子！"

然后这位大师就开始跟阿娇争论起来。阿娇的发言连珠炮似的又快又猛，不到一根烟的工夫，居然把大师骂哭了！大师连祭坛也不要了，还有丢在祭坛上的符纸、法器，以及那一包会掉烟丝的烟，统统不要了，痛哭着就走了。

所有人都目瞪口呆。

"唉，大意了，大意了。"还是小黑最先反应过来，连连给大家道歉，"我不该光听别人说，就把他带过来的！"

大先生说："我看你啊，最近做事情是不太靠谱，包括给山神老头找的那个……"他突然意识到山神老头还在边上，赶紧住了嘴。

似乎受到了阿娇的戾气影响，小黑也爆发了。"老大，这能怪我吗？你看看你给我安排了多少事，整天忙得跟狗一样！我是乌鸦！不是狗！说实话，如果不是念着我们这份兄弟情义，我早就走了。你就说昨天，那两只死兔子，你是不是又把他们甩给我了？那两只死兔子有多烦人，别人不知道，你还不知道吗？然后你又说，今天一定要带驱邪师过来。光那两只死兔子的破事老子都忙到了凌晨三点多，还要给你找驱邪师……"

"不是啊，我们以前不是认识一个很厉害的驱邪师吗，你联系他不就行了？"大先生说。

"老大，伟大的老大！您老人家真是贵人多忘事啊，那个驱邪师都死了四五年啦！你忘了？四五年前我们碰到那个邪物的时候差点团灭啊！人家拼了命跟那个邪物同归于尽，你倒好，一转头,忘得干干净净!"

大先生一拍脑袋,然后带着歉意地说:"哎呀哎呀,是我不对,小黑兄弟,真是不好意思!我给你涨工资!分股份!你可不能走,你一走,我就要完蛋了!"

小黑这才消了点气。

"涨工资就算了,狮王的屁股好久没掐了……"

"懂了!放心!"大先生打包票道。

这边大先生和小黑说着话,那边阿娇已经把炮火转过来了,骂得抓着她的两个小娘头都抬不起来。山神老头倒是没说话,笑呵呵地绕着阿娇走了两圈。阿娇看见这老头过来,立刻掉转炮口,开始对着山神老头狂轰滥炸。然而姜还是老的辣,山神老头就跟听不见似的,也不接话,连绕了几圈后,对悟空和大先生说:"这女娃子不对呀!"

小白龙翻了个白眼,插嘴说:"都知道不对啊,但找不出为什么不对啊。我大师兄,甚至我师父都查过了,她身上没什么……"

山神老头说:"她身上乍一看确实没什么,但仔细感觉,我还是能隐隐约约地感觉到有一点点带着邪性的妖力波动!"

"妖力波动?"悟空抓了抓耳朵说,"有妖力波动,我们怎么发现不了?"

山神老头说:"你们这些大妖平时哪里会注意那些微小的波动啊。而我呢,我是山神,一座山有哪些动物、植物快要化妖了,我心里是清清楚楚。所以啊,我对这种细微妖气的感觉是非常敏锐的。我感觉到这个阿娇姑娘身上是有那么一点点非常细微、邪性的妖气,但具体在哪里,我也找不到。"

山神老头话一说完,阿娇突然闭嘴了,警惕地盯着山神老头。

山神老头哈哈一笑,说:"我就说吧!"

"我去,老头儿,你这是诈出来的吧?"大先生说。

山神老头抚着胡须笑而不言。

"是妖力就好解决了，咱们不是有卯甲和卯乙吗？让他们把那个什么妖力雷达带过来一测，马上就能找到是什么在作妖。"大先生说。然后他转过身，迟疑了下，看向小黑，见小黑虎视眈眈地看着他，大先生又四处张望了一下，然后说："你总不能让我去喊他们吧？"

小黑叹了口气，扶了扶头上的黑毛线帽，转身走了。

自从山神老头下过论断后，阿娇就紧闭嘴巴，再也不吱声了，只有眼睛滴溜溜乱转，大家都觉得有门儿。

小娘给大家搬来椅子和桌子，大家就地坐着喝茶，等小黑把两只兔儿爷带来。然而兔儿爷们并没有来，只有小黑回来了，气急败坏地说："老大，三天内不要再指使我了，不然我要翻脸了！"

大先生笑呵呵地说："不指使不指使，不敢了，哎，卯甲他们没来？"

"别提了，老子又被他们俩臭骂了一顿，说正处在检测盘丝洞的关键时刻，妖力波动马上就要没了，他们分不开身。还说老子净给他们添乱，把老子骂得狗血喷头，好像就他们做的是正事一样，气死老子了！要不是因为老大你，我肯定要动手，但没办法，老子只能赔笑，最后他们让我把这个带来。"

说完，小黑从怀里掏出一个收音机一样的东西，上面还有一根喇叭状的天线。小黑打开旋钮，小"收音机"就疯狂地叫了起来。小黑赶紧把它关掉，说："他们说，这个是小功率妖力雷达，灵敏度特别高，只要把这个东西在阿娇姑娘面前移动，看移动到哪里声音最大，就能判断妖气是从哪边传出来的。"

大先生说："那我们这些大妖得离远一点。"

悟空、小白龙、小黑，甚至连山神老头都翻了个白眼。大先生假装没看见，继续说："让小娘来测，然后让她们把结果告诉我们。"

众人起身，全部离开了院子。一个小娘把"收音机"打开，用电话跟小白龙沟通。根据小娘的反馈，悟空等人几乎都要走出濯垢泉了，"收音机"才消停。

"那你们就开始测吧，然后把结果告诉我们……"小白龙刚说完，突然听见一阵女人的尖叫，然后就是各种喧哗和东西翻倒的声音。

"怎么了？"小白龙对着手机喊。过了一会儿，才有一个气喘吁吁的声音传过来："公子，阿娇打伤了我们，逃跑了！"

第九章

舌头上的眼睛

听到阿娇逃跑的消息,大家都吃了一惊,迅速赶了回去。

院子里,椅子倒了,桌子倒了,窗户也打碎了几扇,茶杯、茶壶、热水瓶也都碎在地上,到处都是泼洒的水。一个小娘捂着手坐在地上哭,另外几个小娘,有的捂着头在哭,有的捂着肚子哭。

"人呢?"大先生问。

"不知道,刚才阿娇姑娘突然疯了似的,咬了她一口……"唯一一个没事的小娘指了指坐在地上捂着手的小娘,"抓起桌上的茶杯、水壶到处乱砸,然后就往外跑,她……"她指了指捂着肚子的小娘,"想去拦,结果被一脚踹在肚子上,然后阿娇就逃出院门了……"

"大意了,大意了……"大先生说,"这阿娇姑娘一直都是动口不动手,我们都忘了,兔子急了还咬人,赶紧找!"

正说着,院外进来一个人。

"你们在搞什么?鸡飞狗跳的!"

大家一看,是朱紫璃进来了。

朱紫璃看见悟空、大先生、小白龙、山神老头都在,吓了一跳,赶紧行了个礼,然后问:"你们怎么都在这里啊?"

大先生把前后经过讲了一遍,朱紫璃说:"别急,找人简单,我喊我干儿子他们来,只要没跑出濯垢泉,就没有找不到的。"

小娘见娘娘来了,都忍痛爬起来,开始收拾院子。

也没见朱紫璃做什么,一会儿,七个小精怪都来了,听完一番交代后,一哄而散,去找阿娇了。也就两根烟的工夫,阿娇就被找到了——她躲在了一座假山的缝隙里。

阿娇被拖了回来,大家都有些为难。要测妖气,那么妖怪都不能在这里;但只有人类的话,就算是叫一个男仆过来,要把这个阿娇搞定,也有一点难度。被控制住的阿娇跟疯了似的吐口水,龇着牙要咬人,大家看了一阵沉默。

"哎,这还不简单,把她绑起来!我就不信了!"小白龙说。

一会儿,一根指头粗的长绳被拿过来了。小白龙亲自动手,三下五除二就把阿娇五花大绑。

看着被绑住的阿娇姑娘,大先生和山神老头神情都有些古怪,小黑没心没肺地一口道出:"哎呀,白龙公子,你这个龟甲缚绑得真漂亮!"

小白龙瞬间脸就红了。

悟空听不懂,在边上看了看,说:"哎,绑得确实漂亮,名字也好,形象!绑得这么花里胡哨的,结实不结实啊?"

小白龙糊弄道:"哦,这种绑法是叫这个名字啊,我还真不知道。我跟海上的水手学的,他们绑草包的时候就这么绑,结实着呢……"

大家暂时离开这个院子,让一个小娘打开"收音机"去测阿娇。过了一会儿,大家又回到院子,拿着收音机的小娘神色古怪。

大先生问:"响了吗?"

小娘迟疑地说:"好像响了。"

"好像响了是什么意思?"小白龙忍不住问道。

小娘说:"我拿着这个,在阿娇姑娘的身上扫来扫去,什么声音都没有,就是每次经过她嘴巴时有一点点电流声,很小很小,我们也不确定是受干扰了还是什么原因。"

小白龙一拍大腿,说:"那毛病可能就出现在她嘴里,我们去把她的嘴掰开,看看里面到底什么情况。"

说着,小白龙就用手去捏阿娇的下颌,但阿娇的嘴紧紧闭着,小白龙捏得阿娇下颌都发出"咯吱"的声音了。山神老头制止了小白龙，说："不能再捏，再捏的话，这女娃子下巴壳要碎了。"

"不对，按道理讲，我捏的这个位置，碎之前就应该把嘴张开了呀。"小白龙说。

"不是跟你说了吗，你现在不能把她当正常人看。"大先生说。然后他让小娘拿了个不锈钢的勺子过来，把勺柄包上布，怕自己力气太大，让小娘去撬阿娇的嘴。然而再怎么小心，还是把阿娇的嘴弄伤了，满嘴是血，吓得小娘也不敢撬了。

大家都围在阿娇面前，阿娇紧紧闭着嘴，嘴角挂着血，一副要英勇就义的样子，把大先生给逗笑了。大先生说："要是不知道原委的人看见我们这样对付一个小姑娘，估计能把我们都当成坏人，冲上来'见义勇为'。"

笑归笑，但大家还真的是一筹莫展。这时小白龙突然想起他院里有个玩意儿，是他开抽屉找东西时无意中发现的，正好可以派上用场。然而小白龙又想到，这玩意儿拿过来，恐怕自己就没脸见人了，不免心里有点迟疑。然后他又看到阿娇那尽管已经很憔悴但依旧清秀的脸庞，又想起她娇娇弱弱地跟自己念叨的那点小心思，最后心一横，不管那么多了。他对边上的小娘说："我的卧室衣柜里有几层抽屉，你去把第三层抽屉打开，那里面有个玩意儿，你一看就知道，你把它拿出来，洗干净，然后把它拿到这里来！"

小娘点点头就去了。过了一会儿，小娘含羞带怯地回来了，手背在后面，拿着什么东西。

小白龙也豁出去了，伸手说："来，给我。"

小娘扭扭捏捏地把那玩意儿递给了小白龙。大家一看，是一个透明中空的塑料圆圈，圆圈上连着两根皮带。

所有人一看就知道这是什么。朱紫璃和小娘们纷纷羞红了脸，而其他几个都是一副心领神会的表情，小黑更是没心没肺地直接来了一句:"没想到白龙公子东西挺全呀。"

小白龙脸也烧得像块红布,心想:老子就知道会这样!他徒劳地解释道:"这不是我的,原来就放在那里,可能前面的客人留下来的吧,我不小心看见的,这不正好能用嘛!"

大先生、小黑和山神老头都是一副"你得了吧"的表情。

小白龙没理他们,问带东西来的小娘:"洗过了吧?"

小娘点点头,跟蚊子哼似的说:"用开水烫过了。"

悟空在边上看了半天,真没看明白这是啥,结果小白龙一用,他立马懂了!

小白龙用不锈钢的勺子再次小心翼翼地把阿娇的嘴撬开一点缝,然后把那个圈一点一点塞到阿娇嘴里,阿娇的牙正好咬在中间那个收缩的地方,吐也不好吐,吞也不好吞。小白龙又把连着塑料圈的两根皮带从她的脸颊两边拉到脑袋后面,皮带上有个精致的扣子,一扣就扣起来了,阿娇就不得不把嘴大张着。那个圆圈中间是中空的,正好可以观察,而且圆圈本身是透明的,也不挡视线,观察起来特别方便。

悟空大为惊叹,见朱紫璃正好在身边,就问:"这是给不懂事的小娃娃检查口腔时用的吧?所以说人类厉害就厉害在能制造工具,这点子怎么想的,真厉害!"

朱紫璃脸臊得通红,也不知该怎么回答。大先生、小黑和山神老头为了憋住笑,气都快喘不上来了。这时院里突然爆发出一阵巨大的笑声,吓了大家一跳。仔细一看,原来是有个小娘实在没憋住笑,她又羞又恼地捂着脸,小跑出了院子。剩下的几个小娘也都是满脸通红。

"快点,拿点水来冲冲,嘴里全是血,什么都看不到!"小白龙管不了他们笑不笑了,毕竟正事要紧。

有个小娘拿了一瓶矿泉水过来,怕水直接倒进阿娇嘴里会呛着她,就让她面朝下,然后把瓶口对准她的嘴,用力一挤瓶身,让水喷到她嘴里进行清洗。

小娘一边用矿泉水冲着阿娇的嘴,一边往阿娇嘴里看,想看看干净了没有,才冲了两下,蹲着的小娘突然一屁股坐到地上,手里的矿泉水甩出去老远。然后她就尖叫起来,连续尖叫了三四声后,似乎神经终于受不了了,软软地瘫到了地上。

朱紫璃也吓了一跳,冲过去摸了摸小娘脖子上的动脉——还好,只是昏过去了。

大家都面面相觑。小白龙咽了咽口水,走上前,伸手捏住阿娇的下巴,缓缓往上抬。其他人好奇地围了过来。另外的四个小娘想着院里有悟空这样的高手在,怎么都不会有危险,所以也围拢了过来,齐齐往阿娇的嘴里看去。

阿娇的下巴被抬起,迎向有亮光的地方,一瞬间,大家都看清了阿娇嘴里的东西。围过来的四个小娘中有三个连连后退,抱着头尖叫起来,还有一个吓得不敢出声,当场就晕过去了。而悟空、小白龙、朱紫璃、大先生、小黑这几个妖怪,甚至山神老头,也都是一阵头皮发麻——阿娇的舌头上居然长出了一对眼睛!

在他们观察的时候,这条舌头正蠕动着,那对小小的眼睛和阿娇脸上正常位置的眼睛都怒气冲冲地,不怀好意地瞪着大家!

小黑也被吓得连退几步,一屁股坐在地上,嘴里说:"我的妈呀,这什么玩意儿啊?!"

小白龙吓得脸色惨白,手一缩,不敢再碰阿娇姑娘。这实在太诡异了!

阿娇的头又低了下去。

大家都喘了两口粗气,感觉头皮麻过后,后背都是冰凉的。也就悟空表现得稍微好一点,他主要是觉得恶心。

"大圣爷爷,你知道这是什么吗?"大先生问悟空。

悟空摇了摇头说:"这么恶心的东西我真没见过。不过,嗯,我是感觉到了那么一点点妖气,非常细微。"

大先生伸手把小黑拉起来，然后狠狠地瞪了他一眼，觉得他给自己丢脸了。

但小黑毫不示弱地瞪回去，说："一点心理准备都没有，太吓人了，谁受得了啊？要是换成那两只死兔子过来，这一下就能把他们吓到三里地外。"

朱紫璃捂着嘴，感觉到喉咙里一阵一阵地恶心。三个没吓晕过去的小娘，已经跑到边上扶着墙干呕去了。就连一直笑呵呵的山神老头也是脸色铁青。

大先生在旁边的树上折了根树枝，又想去挑阿娇姑娘的下巴，想再看看。朱紫璃一把打掉大先生手里的树枝，说："别看了，太恶心了！"

大家一齐看向山神老头——尽管山神老头的金身消磨得差不多了，但所有人里似乎他知道的东西最多。山神老头沉吟了一会儿说："你们看我干什么？我也不知道是什么玩意儿啊！"

现场一时间又陷入了安静。

大先生从腰间抽出来一把小刀，说："你们嫌恶心，我不嫌，我来一刀割了它！"

山神老头拦住了大先生，说："我虽然不知道这是什么，但我知道割掉肯定没用！"

"那，那怎么办？"大先生问。

朱紫璃皱着眉头，无意识地用手慢慢转着另一只手上戴的碧玉手镯，然后说："还是先关起来吧！只是估计院里的小娘都不敢给她送饭了，我们姐妹不怕，我们姐妹轮流送吧！"

一直到吃晚饭的时候，小白龙还有点犯恶心。悟空倒是什么事儿都没有了，狼吞虎咽地吃完后把饭碗一丢，随手从果盘里拿起一个大桃，"咔嚓"一声咬了一口，然后问边上默默吃饭的沙僧说："今天没看见小八，你不是说要跟他一起去找那个人贩子吗？"

不知为何，沙僧今天比以往更加沉默。听见大师兄问，他抬起头说："不知道啊，本来说好一起去的，但今天一早他就自己出去了。"

小白龙说："这家伙不会又被什么妖魔鬼怪抓走了吧。"

沙僧摇摇头说："这倒没有。饭前他还给我来了一个电话，约我明天去镇上找他，说他基本上搞清楚了。"

"他电话里没跟你讲？"悟空问。

"没有，他说最好面谈，我也不晓得他搞什么。"

小白龙跟了一句："小八不是一直都这样吗，神神秘秘的。"

八戒借着泡掉蜘蛛网的由头，在院里泡了一天温泉。因为是去盘丝洞找大师兄时被蛛网缠上的，所以三藏也没说什么。结果天气本就炎热，温泉又暖和，泡到晚饭时，八戒居然中暑了，这会儿头昏脑胀，直犯恶心。就算这样，他还是坚持着爬出温泉过来吃晚饭。

八戒赤着膀子，露出一身的猪鬃和黑乎乎的护胸毛，身后的电风扇几乎被他独自霸占了。他夹了一大筷子脆生生的泡菜放进猪嘴，嚼得咯吱乱响，又干掉一大碟酸酸甜甜又带点辣的酸菜后，总算恢复了点胃口，又开始吃整条的烤茄子。那茄子非常大，被分成了两半，上面盖了厚厚一层碎碎的、炸得酥酥的豆制品，仿制成肉末烤茄子，吃起来还真有一点肉味，而且调味非常棒。八戒连续吃了七八条，然后端起小桶那么大的玻璃啤酒杯，"咕咚咕咚"把整整一杯浮着冰块的现熬冰镇酸梅汁都灌了下去，最后打了个惊天动地的嗝。稍停片刻后，他又转过头来去对付一种小小的煎饼馃子，里面包的是满满的坚果鳄梨酱。这东西太好吃了，八戒一个人把一大盘全干掉了，其他几个师兄弟一个也没尝到。

八戒一边吃一边抱怨："哎呀，今天在温泉里面泡久了，我晚上一点胃口都没有。"

小白龙皱了皱眉不去理他,半开玩笑地对悟空说:"大师兄,我怎么感觉我们在这里待的时间越长,事情就越多,现在是千头万绪,无从下手啊。我隐隐约约地觉得,我们是不是走不掉了?"小白龙一边说,一边拿起果盘里的一颗枇杷慢慢地剥起来。

"是啊是啊。说实话,前几天我还觉得,这种日子挺好的,不走当然是可以的。但是这两天连我都有点害怕了。"八戒说,"总觉得好像……好像……"

八戒一时找不到词来形容,小白龙就补了一句:"风雨欲来……"

"哎,对对,就是这意思。我现在都有点心慌。"八戒跟着说。

悟空"咔嚓"又啃了一口桃子,然后看着边上依旧沉默不言、低头吃饭的沙僧问:"沙师弟,你有什么想法?"

沙僧抬起头看了看大家,沉默了一会儿说:"我都行啊,我,我,我无所谓。"

"什么你都行?什么你都无所谓啊?你知道大师兄问你什么吗?"小白龙都气笑了。

沙僧也笑起来说:"我嘛,你们都知道的,我听大家的。"

"那我们就把师父绑起来,扔到小白龙身上,直接带走。"悟空说。

"那,那可不行,"沙僧立刻出言反对,"师父想待就待一阵子呗,取经也不是一天两天的事,我觉得这里不会出什么大问题。上次那个咬天鼠闹成那样,最后不也雷声大雨点小吗?师父他老人家想在这里多待一会儿,我们就让他多待一会儿呗。"

"我看啊,师父他老人家是乐不思蜀了!今天晚饭,几个女施主一请,师父就屁颠屁颠地去了。再过阵子,等师父他老人家夜不归宿,我们啊,就可以分行李了!"八戒又伸手去摸悟空面前没吃的一把大樱桃。果盘里樱桃本来就少,悟空提前抓了一把留给他自己。

"啪！"悟空拿起桌上的筷子，以迅雷不及掩耳之势抽在八戒的手上，抽得八戒痛呼出声，然后悟空站起来，"咔嚓"一声，又咬了一口手上的桃子，"那我们就再待两天吧，要是情况实在不对，我们就撒丫子走人。有什么危险，打不过，跑还跑不掉吗？"

然后悟空就转身准备找个高处抽烟。

八戒再次伸手把大樱桃抓到手里，一边往嘴里送，一边嘀嘀咕咕地抱怨："自己不吃也不给别人吃，这弼马温！"

第十章

沙僧逛街

悟空怎么也没想到，山神老头搬家居然搞了这么大的阵仗。

早晨，师徒四个在院里吃早饭时，就看见男仆们接二连三地拎着大包小包的东西往院里送。本来以为是男仆打扫卫生整理环境，所以也没人说什么，可没想到后面连架子床都搬进来了。

八戒一直瞪着小眼睛在边上看，最后终于忍不住了，扯着嗓子问男仆："你们是不是要赶我们走啊？就算赶我们走，也不至于把我们睡的床都换掉吧？"

男仆疑惑地看着八戒说："没有啊猪长老，我们是在帮山神大人搬家。"

"帮山神老头搬家？搬到咱们这院子来？"

"是啊，"男仆也愣了一下，"柳新院，圣僧住的院子，没错啊。"

八戒点点头，然后转过头来问一起吃早饭的师兄弟们："山神老头要搬到咱们院里来，你们知道怎么回事吗？"

正在埋头扒拉一碗素三鲜咖喱炒饭的悟空闻言，突然想起来山神老头跟自己提过这茬，赶紧说："哦，上次这老家伙跟我说他要住到我们院里来。最近濯垢泉生意不是又好了吗，他不好意思占着人家一个院子，所以想跟我们挤挤，把他的院子腾出来。"

三藏端着一碗南瓜粥放在嘴边，没急着喝，说："山神老爷子真是有心人……"然后浅浅地喝了一口粥，"咱们师徒四个占这么大个院子确实浪费，他住过来也不错。而且，我看他老人家尽管金身快要腐朽，但学识渊博，谈吐不凡，早晚找他请教些学问也是好的。"

八戒很不高兴，在边上说："他来就来，怎么还搬这么多东西啊？你们看，这院子都要堆满了！而且多了一个外人在院里总是不方便。大师兄你也是的，你怎么就能做主让他搬进来呢？"

三藏生气了，把碗往桌上重重一顿，说："那我能不能做主呢？与人方便，与己方便，八戒，不是我说你，最近你是越来越不像话了……"

昨天八戒公然在院里泡了一天温泉，什么事也没干，三藏本来就不高兴，今天又说这些自私自利的话，三藏忍不住就发火了。接着他就开始细数八戒的过错，从刚住进濯垢泉时骚扰小娘，整天正事不干偷奸耍滑，一直说到晚上睡觉呼噜震天。

"你那个呼噜跟打雷一样，打雷好歹半天才一下，你那个呼噜连绵不绝，没完没了！没完没了也就罢了，习惯了也就好了，但你那呼噜还随机变调啊！我刚习惯了呼噜声，打着打着突然又没声音了；好不容易习惯没声音了，你那里又变本加厉，猛地来上一阵！你说就你这样的，我嫌弃过你吗？我想过把你赶出院子吗？"

八戒被骂得灰头土脸，甩了甩耳朵不说话了。悟空在边上嘿嘿偷笑。

可是就在三藏骂完没多久，事情开始往失控的方向发展。

男仆们开始往院子里运旧地毯、破椅子，甚至还有半扇破门板，各种乱七八糟的东西。八戒瞪着小眼睛，看看院子里的破烂，又看看师父，想看这下师父怎么说。三藏脸上也有些挂不住，咳嗽了一声，对悟空说："悟空啊，你问问那位山神老爷子还有多少东西，再堆咱们就出不去了。"

悟空脸上也是一阵抽搐。

八戒趁机又说："师父，你看，他这不是要搬过来住，是要把咱们这儿变成废品回收站啊！"

"你闭嘴！"三藏训斥道。

这时，悟空看见山神老头在院门外慌里慌张地露了一下脸，然后院门外就传来山神老头大呼小叫的声音："小心点，小心点，别把这个碰断了！断掉了这东西就废了！"

悟空小心地在乱糟糟的杂物中找到一条路，出院门一看，他说的居然是一个被风吹日晒颜色都黑掉的超大木头花架！

这时山神老头已经挤进了院门，悟空上前一把抓住他的袖子："你这老家伙怎么回事？搞这么多东西到我们院子里来做什么？"

山神老头一看是悟空，赶紧满脸堆笑，然后先对着不远处饭桌边的三藏鞠了个躬，说："圣僧有礼啦。"

悟空不依不饶，又拉了一把他的袖子说："我问你话！"

山神老头这才回过头，笑呵呵地对悟空说："我原来住的那个院子呀，他们有好多东西都要换，我问过了，换下来的他们都不要了。我那边不是马上要盖好了吗，我寻思着肯定缺很多东西，所以呢，我就先收集一些。当然，大先生说我那里所有的东西他都包了，但万一缺点小东西，我也不能再厚着脸皮找他要吧？而且这些东西就算我那边用不着，等我过段时间找个收破烂的，还能卖一点钱。你不知道，我年纪大了，挣钱不易，能省一点是一点，能赚一点是一点，是吧？"

悟空说："你还要不要脸啊？活生生把一个山神当成了收破烂的了！"

山神老头赶紧说："哎，大圣啊，话不能这么说，什么叫收破烂的？我这是勤俭节约！"

三藏倒是觉得挺不错的，在边上说："这位山神老爷子的勤俭之举，大有佛门风范，不偷不抢，有什么不要脸的？"

山神老头赶紧又给三藏鞠了一躬，说："让圣僧见笑了，见笑了。"

"你勤俭我不反对，但是你不能把路都堵死、把院子都堆满吧?"悟空说。

"那是当然,当然!大圣你别急,马上我就往自己房间里收拾,保证不影响你们!"

悟空说:"你房间有这么大吗?能塞得下这么多东西?"

山神老头说:"这你就不懂了,反复调整一下,挤一挤总能塞进去的。我跟你讲,只要反复调整,就一定能出奇迹!"

悟空眨了眨眼睛,不知道该说什么了。

"我快得很,快得很!"山神嘴里念叨着,又匆匆忙忙地跑出去了。

更多的东西在往院里搬,院子里尘土飞扬。师徒四个草草地吃完了早饭,也待不住了。三藏回到自己的房间,关上门窗,打开空调,开始看经书;悟空本身就是待不住的,拍拍屁股从后墙翻出去,不知道是去哪儿;八戒嫌太吵,难得不在房里睡觉了,一边骂骂咧咧,一边小心地挤出院子——他万般小心,但还是蹭了一身灰;而沙僧准备去镇上见小八。

到濯垢泉之后,沙僧还没有去过镇上,一直都在柳新院里洗呀刷呀,整理内务。今天难得要去镇上,所以他准备把自己好好地拾掇一下。

他跟小娘要来了剃须刀,哼着歌,把一条热毛巾拧干了,摊开盖在脸上,软化了一下根根虬结的胡子。然后他从洗脸盆上找到一个蓝色的金属小罐,一按上面的喷头,噗的一下喷出来好多泡沫。沙僧感觉很神奇,又按了几下,按的时间长了,喷出来的泡沫从手掌上落下来,糊了半个洗脸盆。沙僧伸头往洗手间窗外看看,发现没人,于是放下心来,打开热水龙头,把洗脸盆里的泡沫都冲进了下水道,又把手上的泡沫抹到胡子上,然后小心地把自己的胡子修了一遍。修完后,他又做贼似的从洗脸台边上的扁瓶子里挤了一点男士洗面奶,把脸好好洗了一下。

刚住进濯垢泉时,沙僧就被洗脸台上的一堆洗护用品吓了一跳。他把小娘喊来，说这个房间指定是住了姑娘了，小娘领错房间了。小娘说没有啊，这就是给圣僧一行准备的院子啊。沙僧说卫生间洗脸台边上全是胭脂水粉，肯定是领错了。小娘进去看了一下，出来笑得肚子都疼了，说里面的洗护用品都是男士的，因为知道住的都是男客，特意换的。沙僧当时大吃一惊，说："男的还用胭脂水粉？！"

小娘笑着说："这不是胭脂水粉，也不是彩妆，就是清洁保养皮肤用的。男的怎么了，男的就不用讲卫生吗？一口大黄牙，一脸油腻腻的，多恶心啊。"

沙僧表面上不认可小娘的说法，但内心其实是信服的，毕竟干净又没错。所以后来有空的时候，沙僧装作闲聊的样子，请教了小娘这些瓶瓶罐罐都是做什么的，又是怎么用的，只是一直没敢用。

冲洗干净后，沙僧在镜子里看了又看。依旧是蓝色的大脸，铜铃一样的大眼，但总觉得洗过之后皮肤好一点，蓝得纯一点……总之就是好看一点。于是他又哼着小曲儿，用了一个细细高高的瓶子里的洗发水洗了头。小娘说这洗发水特别好，特别香，特别有男人味。本来他昨晚就想洗头的，又怕被师兄弟们闻到笑话自己，就只好早上洗了。洗完他本来想用电吹风吹干的，没想到电吹风那么响，刚打开他就吓得赶紧关掉了，怕被师父和师兄弟们听见。最后他只好用毛巾擦干头发，然后用梳子把头发梳了一遍。

全部整理好了之后，沙僧看着镜子下面的隔板发了会儿呆。

隔板上放着一瓶包装特别漂亮的男士香水，据小娘说，是院里的六娘娘特意给他准备的男士香水，是一种哈瓦那雪茄和冷杉的混合香气，特别符合他这种威猛大妖的身份。哈瓦那雪茄沙僧知道，是大师兄抽的一种香烟，可那味道臭死了，不知道有什么好闻的。但小娘说不一样。

沙僧想了又想，最终还是决定算了。小娘说过，这个香水的香味能持续好几天,万一被二师兄那个长鼻子闻到,会被他嘲笑死的,也会让自己羞死的。

沙僧回到卧室换了一套新的僧衣,往保温杯里倒了一杯温度正好的温水,旋紧盖子,然后又拿起一个布包斜挎在身上,把保温杯放进去,又放了点零钱,最后拿上手机。他出门走到师父的窗前,跟师父说:"师父,我去镇上见小八老师。"

三藏隔着窗户挥挥手,说:"去吧去吧,快去快回!"

沙僧"哎"了一声,兴冲冲地去了花石桥镇。

沙僧先前听大师兄和小白龙说花石桥镇是一个很奇怪的地方,人妖混杂,可真到了镇上,沙僧还是吓了一跳。他原来一直担心自己的外貌奇怪,会吓到别人,可到了镇上后,他发现自己绝对不是长得最奇怪的。

进镇前,他遇到了一伙从山里出来的商队,队伍里有一只奇怪的动物,像一只巨大的狮子,但一边走一边口吐人言,跟边上的人说进了镇子要好好吃一顿。他头上还有一只巨大的独角,沙僧看了半天才认出来这是一只可以避兵祸还能吃虎豹的角端。

那角端跟同伴说自己最近刚能变成人形,维持不了太长时间,但吃顿火锅的时间还是有的,要同伴遵守约定,教他怎么用筷子。

到了镇上最繁华的那条长街,街上更是熙熙攘攘,热闹非凡,而且没人多看沙僧一眼。沙僧莫名地开心,不急着逛街,而是先蹲在路边,看看情况。

在他边上也有两个小妖精,一开始沙僧还没注意,后来其中一个突然伸出长舌头,飞快地在空中扫了一下,然后又缩了回去,沙僧才反应过来这是两条小蛇妖。他顿时有点紧张,但留心听了会儿两条蛇妖的交谈,他发现这两条小蛇妖只是在热烈地闲聊——刚刚过去的小姐姐好漂亮;猪肉又涨价了;最近公司发的盒饭都是鸡腿。其中一个说:"得了吧,有鸡腿不错了,你现在飘了!"两人又开始讨论家里还有几个鸡蛋,晚上到底是煎了吃还是卤了吃……

沙僧十分惊诧,难道蛇妖不该讨论今晚去哪里吃人吗?

看了一会儿街景,沙僧脑海里冒出来四个字——"群魔乱舞"。乍一看,大街上来来往往的似乎都是人类,但仔细看的话,有的偶尔露条尾巴,有的偶尔露个蹄子,估计也就一半多一点是真正的人类。时不时还会有奇形怪状的妖怪路过,有的甚至奇怪到都没个人样了。

街对面的酒楼门口突然一阵喧哗,有一个长相老气的年轻人被扔了出来。这个长得老气横秋的年轻人应该已经喝醉了,半天爬不起来。然后一条长长的东西被扔了出来,砸在这年轻人身上。年轻人赶紧抱着那长长的东西,也不气,也不恼,坐在地上就划拉着那个长东西开始唱歌了——原来那是一把三弦。

> 不喝个酒,
> 不吃个肉,
> 咱们算个啥朋友?
> 把啤酒倒上,
> 把白酒倒上,
> 把锅里的羊羔肉煮上。
> 我们不喝个酒,
> 我们不吃个肉,
> 咱们算个啥朋友?
> 对酒当歌,人生几何,
> 喝浆水先人们没有留下歌,
> 不喝个酒,
> 不吃个肉,
> 咱们算个啥朋友?
> ……

三弦弹得极其花哨,唱得也好玩,酒楼门口围了一圈人,沙僧也觉得蛮好听的。

酒楼里跑出来一个小伙计,应该是个人类,叉腰站在门口,气愤地喊道:"妈了个巴子的,就带几十块钱,喝了三四坛烧春,老子今天白干了……"

那个长相老气的年轻人笑嘻嘻地拨动三弦,带着醉态说:"今天……今天,我不是钱……钱没带够吗,我……我明天……明天就给你送钱过来,我今天还能再喝一坛。好酒啊好酒!今天再给我……给我……喝一坛,明天我给你送双倍……双倍……双倍……"话没说完,他就歪倒在地上睡着了。

小伙计也没惯着他,找人把年轻人抬起来扔到路边,然后驱散了围观的人群。气愤的小伙计捡起掉在地上的三弦,作势要砸,比画了两下,最后还是没下得了手。这时那个老相的年轻人居然醉得化了原形,没鼻子没眼睛也没嘴巴,长得像个黄布口袋,红得像一团火,还长了六只脚、四只翅膀,像一个大肉球一样堆在墙角——居然是一只帝江!也不知道他没嘴怎么还能发出那么响的呼噜声。

小伙计似乎也见怪不怪了,见帝江化了原形,居然笑了起来,然后把三弦扔到帝江身上,骂了句:"喝不死你!还再来一坛!"然后匆匆忙忙地回去了。

目睹了一切的沙僧抓了抓脸,觉得这地方确实有点意思。

接着沙僧开始逛街,看到有摊子在卖烤驼峰。一大块雪白的驼峰,看上去就是一大块油脂,摊主用一把大刀把驼峰片得薄薄的,然后放在一个炭炉上烤。烤得表面金黄,油香四溢,再刷上蜂蜜和酱料。摊主用一张纸卷成个三角桶,从炭炉上夹起刚烤好的驼峰放在纸筒里,堆满后配上一根牙签再递给客人,动作飞快,行云流水。

以前在流沙河当妖怪时，沙僧有什么吃什么，吃过的东西也算是多的了，但驼峰确实是一直听人说起，但从没吃过。沙僧咽了咽口水，赶紧念了句阿弥陀佛，转身离开了。

　　花石桥镇琳琅满目，逛得沙僧眼花，最后他在一家小店看到有一种过滤水的器具，像个打气筒，只要往里面打气，就能把吸进去的脏水过滤成能喝的水。店家专门给沙僧演示了一下，加了酱油和醋的水经过那个"打气筒"处理，出来的真的就是纯净水了，喝了一口还蛮甜的，一点怪味都没有。店家打开气筒给沙僧看，里面有一个桶状物，上面是密密麻麻的小孔。店家说这叫过滤器，四百块可以买一台，还多送一个过滤芯。

　　沙僧很心动，摸了摸口袋里的钱，只有三百五十多块。师父不杀生，取经路上喝水时都要用漉水囊过一遍，但是那个漉水囊也不知道用了多久，破破烂烂的。在沙僧看来，不杀生倒是小事，生水经过那个漉水囊根本没有消毒才是大事。有时赶得急，来不及烧水，只好喝生水，喝得大家都拉肚子。其他人也就罢了，八戒肚子大吃得多，他拉起肚子来那简直就是一场灾难。

　　沙僧也不说要，也不说不要，就是拿在手上爱不释手。店主看出了他的窘迫，问："大和尚，是不是钱不够啊？"

　　沙僧不好意思地点点头。

　　"你手上有多少？"

　　"我只有三百五十几块。"

　　"那行，我也算随个善缘了，拿去吧。"

　　沙僧大喜过望，接过店主递过来的一个新的过滤器检查了一遍，又接过赠送的过滤芯，都装到了挎包里，把挎包塞得鼓鼓囊囊的。这时电话响了，是小八老师打过来的，说他在盘丝楼，让沙僧过去吃饭。沙僧向店主问了盘丝楼的位置，然后开开心心地就去找小八。

第十一章

失踪的真相

八戒一边掸着身上的墙灰,一边嘴里嘀嘀咕咕地穿过了濯垢泉的中心花园。他到了濯垢泉后,基本就在院子里睡觉、泡温泉、吃饭,也没怎么出来过,这还是第一次在濯垢泉里仔细逛逛。

上次咬天鼠破坏掉的地方还没有全修好,院里到处都能看到工人搭的脚手架,但也都静悄悄的,只是偶尔传来电钻、锤子的声音。八戒连续找了几个地方,都没找到特别适合睡觉的。不是边上人来人往,就是地方太小,身子塞不进去。以前取经路上随便找个地方一躺就能睡,那时是因为太累了,而现在过了段好日子,只要地方稍微有点逼仄,他发现自己就没法安心地睡下来。

八戒连续走了好几个地方都没找到合适的,不免就有些焦躁,然后就忍不住开始骂山神老头,又忍不住骂弼马温。骂完弼马温后,他四周看看,见周边没人,又小声地骂了几句好赖不分的师父。

这么一路走走停停、停停走走,一抬头,他发现自己居然走到了如锦院。这地方他来过几次,知道是蜘蛛精住的地方,这时候眼睛就忍不住往里面瞟,想看看能不能看见女妖精,可惜如锦院大门紧闭。

八戒不甘心,在如锦院门口来回走了两三遍,又等了一会儿,大门依旧紧闭着。他看看四周没人,又把耳朵贴在院门上听,什么动静也听不见。又往四周看了几眼,然后干脆一不做二不休,爬到了游廊里美人靠的靠背上,踮着脚往院里望。但可惜高度还是不够，于是他就扶着院墙，跳起来往里看。跳了几次之后，还真给他看到一点——如锦院二楼好像有个女妖精的背影。

八戒气喘吁吁地扶着院墙，心里想，那个背影似乎特别眼熟。他左想右想，确实眼熟，就是记不得是谁，于是八戒又准备跳起来往里看。他刚跳起来，身后突然传来一个声音："猪长老，您干吗呢？"

八戒吓了一大跳，落下来的时候差点一脚踏空。

回头一看，身后是一个高挑丰盈的女人，一身红色薄纱，脸庞大气圆润，眉目清丽，头上插的发簪上挂了条细碎红蓝宝石链子——不是朱红衣是谁？

八戒顿时脸就红了，抓耳挠腮了半天，然后说："我，我刚才看见有个人进了如锦院，背影看起来很熟悉，好像是一个熟人，但是进去后门就关上了，我想看一眼是不是我认识的人。"

朱红衣说："哦，如锦院是我和姐妹们住的地方，没外人啊。要不，猪长老跟我一起进去，看看哪位是您的熟人。"

"不用了，不用了……"八戒连连摇手，然后跳下美人靠的靠背，还慌里慌张地用袖子去擦了擦脚踩的地方。擦了几下，脸皮厚如八戒，总算稳住了心神，然后笑眯眯地往朱红衣面前凑："大娘娘，您从哪儿来啊……"

朱红衣往后躲了躲，身后跟着的两位小娘也往后让了让。这位猪长老嘴角还有早餐喝粥时留下来的白痕，也真是不讲究！

"我早晨跟姐妹们商量了下院里的事情，马上要去见圣僧他老人家。"

一听说朱红衣马上就要去见师父，八戒立刻就老实了，挖了挖鼻孔，意兴阑珊地问："女施主啊，院里还有什么地方能睡觉啊？我们院里那个什么山神老头搬家，搞得乌烟瘴气的，睡都没法睡。"

朱红衣对身后的小娘说："去，带猪长老找一个还空着的院子。"然后又对八戒说:"到今天下午五点钟够了吧?"

八戒连连点头:"够了,够了!"

小娘上前带路,八戒两手背在身后,一摇一晃地跟在后面走远了。

朱红衣在后面揑着眉头。刚才是干儿子小马来报的信,说有个猪头在如锦院外面偷窥,她这才慌里慌张地赶过来。

盘丝楼据说也是濯垢泉的产业,位于花石桥镇的正中间,倒是非常好找,沙僧没怎么问路就找到了。

足足六七层楼高的酒楼,非常气派。远远就看见门口站着六个迎宾,一边站三个,都是美女,高矮胖瘦都差不多。沙僧能分辨出有两位是人类,因为她们的皮肤、脸型多多少少都有些瑕疵;有一位是狐妖,尾巴都没藏好,应该也是懒得藏,无精打采地站着,有气无力地跟着别的迎宾时不时喊一句"欢迎光临"。她可能对自己很失望吧,明明是狐仙,怎么混成了迎宾小姐。

还有三位应该也是妖怪,因为长得特别好看,身材也好,脸也好,几乎看不出什么缺点——这正是小妖刚会变身时最容易犯的错误,总想变得特别美。有经验的妖怪都不会这么做,因为太完美看起来就太假了,有瑕疵的才显得真实。

酒楼在镇中间十字路口处,沙僧走近了才发现,这座酒楼居然两面临街,开了两扇大门。除了站着六位迎宾的大门外,在另一面还开了一扇大门,门前站了一个店小二,在门口大声叫着:"客官,里面请!"

沙僧站在不远处迟疑了一下,有点不敢进去。他看了半天才看出来,原来这栋酒楼一楼和二楼都是散客大厅,而楼上全部都是包间。店小二站的那个门是进散客的,美女迎宾站的那个门则是进楼上包间的。

沙僧也不知小八到底是在包间还是在散客大厅,就在外面张望,正好看见一楼大厅里靠窗户边有一张桌子,小八正坐在桌后,全神贯注地打着电话,于是他就笑嘻嘻地从店小二身边进了酒楼。刚进大门,店小二就在他身后大叫了一声:"大妖一位,里面请!"

沙僧吓了一跳,小八也被这个声音惊动了,忙抬起头来看了一眼大门,然后向他连连挥手。沙僧心情特别好,乐呵呵地向小八走去。他已经记不得自己什么时候被人邀请过,什么时候和朋友一起吃过饭、喝过酒了,似乎从杀死县掾开始逃亡之后就再也没有过。

他在小八对面坐下,小八的电话还没停,一边打着电话,一边拿起压在胳膊肘下面的菜单递给沙僧,让沙僧点菜。

沙僧拿着扫了几眼,看到几乎全是荤菜,不由得皱起了眉头。

小八又说了几句话,回头见沙僧拿着菜单皱着眉发呆,又用手指在菜单上点了几下,让他随便点。

沙僧向小八摇了摇头,指了指菜单。

小八捂住手机话筒,跟沙僧说:"你先点,随便点。"

沙僧说:"但这菜单里没素菜啊。"

小八说:"哎呀,我们自己兄弟就别装了,想吃啥点啥。大圣爷爷跟我们一起吃饭不也是荤素不忌。"

沙僧大吃一惊,说:"啊?大师兄犯荤戒了?"

小八见沙僧表情严肃,不像开玩笑,也是大吃一惊,似乎意识到自己说漏嘴了,于是赶紧转移话题:"小二,小二,过来!"

"来了,客官,您什么事儿?"小二屁颠屁颠地跑过来。

"我这位兄弟吃素,你们有没有素菜的菜单?"

小二摇摇头,又立刻说:"我们的素菜其实做得也不错,不过点的人少,就没上菜单。这样,我把菜名报给这位大妖,您有想吃的直接跟我说就行。"

小八点点头,指指沙僧,小二就到沙僧身边开始报菜名,小八又转头去接电话了。

沙僧挑了四五样,说:"就这些吧。"

"本店有上好的素酒,客官也来两壶?"

沙僧还没回答,小八一拉小二袖子,一边打着电话,一边连连点头。

"好嘞!"小二又喊了一声,然后离开了。

"就按我说的做,出了事我兜着!我说你现在胆子是越来越小了!好,就这样了,我不跟你啰唆了,我这边还有事!"小八终于挂掉了电话。

"沙长老,你来了!"

小八今天的表情有些凝重,对沙僧点了点头打了个招呼。

"我早就到了,在花石桥镇里逛了逛,这地方我还没逛过呢。你别说,这里还真热闹……"

沙僧有好多话想说,那个喝酒不给钱挨了打的帝江,还有一片一片雪白的驼峰,炭火上烤得黄黄的,滋滋冒油……但他不知道在这种场合讲这些东西合不合适,毕竟他已经很久很久没有和朋友一起吃过饭了。

小八明显也对其他的事不感兴趣,对沙僧说:"昨天电话里有些事情说不清楚,今天特意把你喊来……嗯,等会儿我们先吃饭,不急,等饭菜上来了,我们边吃边说。"小八似乎有什么话难以说出口,所以说完这句话后,居然罕见地沉默了。

好在大酒楼上菜还是非常快的,小八话刚说完,几道凉菜就已经上来了,接着热的斋菜就开始接二连三地上桌。盘丝楼应该是濯垢泉的产业,因为这些斋菜吃起来总有一点似曾相识的味道,只不过盘丝楼的口味更重一些,素油放得更多一些。素酒是在濯垢泉没喝过的一款,里面加了很多香料。

沙僧和小八沉默地吃了会儿,沙僧莫名地有些紧张。

挖了一大勺八宝饭里糯甜的水洗豆沙塞到嘴里后,小八似乎总算是有勇气说那件事了。这次他说得条理清晰、有理有据、不紧不慢，和平常完全不一样，似乎早就在心里排演过好几次，生怕自己说得不清楚，让沙僧误会。

两人边吃边说，等到酒过三巡，菜过五味，小八基本上也把事情给说清楚了。然而随着小八的讲述，沙僧嘴里的酒菜越来越没有味道，到最后竟心事重重地停了下来。

"你确定是他做的？"沙僧问。

小八点了点头。

"他会不会不知道？毕竟他那么多手下……"沙僧又问。

小八说："就是为了确认他知不知道我才花了这长时间去调查。目前可以确定的是，这事确实不是他授意的，但他应该知道手下一直都在这么做，而他基本上都默许了。当然他也不是专门针对某个人，这次可以说是碰巧。不过无论怎么说，他在这件事里的责任是逃不掉的。"

饭桌上的酒菜有一半都没动，但沙僧和小八已经一点胃口都没有了。沙僧陷入了沉默，小八似乎受不了这么沉重的气氛，说："我知道这事后也很郁闷，毕竟他跟大圣爷爷关系这么好。而且说起来，他也算得上是我们的朋友，啧，巧了。"小八摇头叹息着。

沙僧摇了摇头说："也不能说巧，谁都可能碰上，有什么区别呢？做错了就是做错了，做错了就要承担责任。"

"沙长老，你别冲动啊。"小八说。

"那自然！"沙僧说。

"那沙长老你准备怎么做？"小八问。

沙僧努力地想了一会儿，感觉像陷入了泥潭，最后他说："我不知道。但这事肯定不能就这么算了，一定要给小二子一个说法。"

小八说："我建议啊，你看是不是先跟大圣爷爷和圣僧商量一下,最后以圣僧的话为准,这样一来大圣爷爷也没什么好说的。只是先跟大圣爷爷说还是先跟圣僧说,这有点讲究。先和圣僧说可能会得罪大圣爷爷,不过对小二子要公平些。"

沙僧长长地叹了口气,然后斩钉截铁地说:"肯定得先跟师父通气,毕竟我是要处理这件事,而不仅仅是通风报信!"

小八同情地给沙僧把素酒满上,然后说:"反正这事以沙长老为主,我这边只跟你通气,其他人谁都不会说的。"

沙僧举杯和小八说:"谢谢小八老师!对了,小二子那里,也暂时什么都不要说。"

"那是当然!"

从花石桥镇回到濯垢泉,沙僧就去找了师父,然后把从小八那里听来的事原原本本地和三藏说了一遍。尽管沙僧的嘴巴比较笨,但回来的路上他一直在想措辞,所以说得也算是清楚。

三藏的眉头一直紧皱着。

"师父,你看该怎么办呢?"沙僧问。

三藏长长地叹了口气,说:"到这濯垢泉来后,没有一件事是顺利的。这事……不光是你大师兄和他关系好,你有没有想过,濯垢泉那个人到四十岁会死的诅咒现在也是他在帮着查。你们几个师兄弟也算是有本事的,但在这阴谋诡计上也确实不如他。如果……让他偿命……那濯垢泉的诅咒到底还能不能解得开?会不会有更多无辜人的失去性命?"

"师父!你的意思是算了?那你让我怎么面对小二子?"沙僧不禁有些激动。

三藏摇了摇头说:"那自然也不行。"

沙僧看着师父为难的样子,不免有些难过,于是说:"那我们让他放下屠刀,从此立地成佛……毕竟,像我这样做了很多错事的现在还有机会回头,他应该也有这个机会吧。"

三藏看了沙僧好一会儿,然后摇了摇头说:"很难很难。所谓放下屠刀,立地成佛,得本人诚心诚意才行。你看他平日言行,有没有这个诚心很难说。而且就算他有诚心,小二子给不给他这个机会也很难说。那对小二子要求太高了。而除了小二子和他父母、亲人,没有任何人有这个资格说原谅或不原谅。"

沙僧愣在那里。

三藏长长地叹了口气,然后说:"当然,最好的结局还是他诚心忏悔,得到小二子全家的原谅。不管多难,你还是得试试。"

沙僧点了点头,说:"好!"

第十二章

兔子的宝贝

悟空呆呆地看着自己在两天前亲手封死的盘丝洞的洞口。封洞的巨石居然不知道被谁凿开了一个规整的大圆洞，小妖们正忙忙碌碌地爬进爬出。

"哎，这不是大圣爷爷吗？"

悟空正愣神时，洞口的单耳兔卯乙发现了他，一边打着招呼，一边兴冲冲地跑过来。

"你们开的洞？"悟空问。

单耳兔完全没有任何觉悟，乐呵呵地说："那是，你们走后，我们可一直都在这里守着呢，除了我们，谁能开这个洞？不过大圣，您那一棍子是真狠，敲下来的石头真多，就算我们是兔妖，本身就比较擅长打洞，也花了近两个小时！"

悟空愣了下，然后心里对自己说：先别生气，先别发火，肯定是有什么原因。

这时，在一台巨大机器旁的双耳兔也看见了悟空，也乐呵呵地跑过来说："大圣啊，你来得真快，比大先生来得还快。大圣就是大圣啊，你肯定是知道了我们在洞里发现的那个东西，然后就明白那东西到底有多厉害，所以特意过来看看的吧！"

"你们发现了？"悟空嗓音都有点变了。

"当然发现了！开玩笑，我们兄弟是谁啊？不是我吹，我们的厉害之处不是你们这种普通妖怪能够感受到的！"双耳兔有点得意忘形。

悟空一时都不知该怎么处理眼前的这个情况，但觉恼怒至极，心里甚至浮起了一点杀意。

"老子封住的洞，转眼你们就开了，谁给你们的胆子？"

单耳兔和双耳兔对视了一眼，看悟空的表情，隐隐约约觉得事情有点不对。单耳兔用脚蹭了蹭地，而双耳兔一副理所当然的样子，解释道："大圣爷爷，您不是担心有人进去，遇见时间乱流有危险吗？我们在外面仔细地反复测了很多遍，那个时间乱流已经消散得干干净净了，比我们预计的快多了！既然危险都没了，那我们当然要进去看看了，您说是吧？"

他们这么理直气壮，反倒让悟空无言以对，甚至都不知道该不该再生气。他下意识地说了句："你们看见了……"

"那还有假！"双耳兔兴奋地从口袋里掏出来一个扁扁的透明圆盒子，献宝似的送到悟空面前，"大圣爷爷，你看，这不就是吗？"

悟空看了看眼前的盒子，里面装着一撮黑色的粉末。他眨眨眼，一时没反应过来。

双耳兔的三瓣嘴笑得合不拢："大圣爷爷啊，你是不是知道洞里有这些玩意儿啊？你不会是想自己独吞吧？这可要不得！我跟你说，这东西在我们兄弟手里绝对能让你赚得盆满钵满，但没我们兄弟来开发，那就一点用都没有！"

悟空皱着眉，看看单耳兔，又看看双耳兔，问了个让两只兔子一头雾水的问题："这是什么？"

两只兔子对望了一眼，然后单耳兔说："等等，大圣爷爷，你以为我们在里面发现了什么？"

悟空沉默了会儿，说："你们没发现什么……尸体之类的……"

双耳兔和单耳兔对视了眼，摇了摇头。单耳兔说："这洞里干净得像被吸尘器吸过一样，啥也没有！这些粉末还是我们无意间通过仪器在最里面的洞壁上发现的！"

悟空心中奇怪,但一块石头也落了地。这两只兔子不太像说谎的样子,估计自己发现的那个东西已经又穿越时间消失了吧。想到这里,悟空心里不免有些落寞和难过,乱糟糟的一团。

"这是什么?"稍微整理了下心情,悟空问道。

一提到新发现,两只兔子立马兴奋起来了。"大圣,我跟你说……"双耳兔话音未落,突然听到一声惊叫。悟空和两只兔子一扭头,原来是大先生来了。他两手捂住脸颊,看着盘丝洞洞口石头上的大洞,一副见了鬼的表情。叫完后,他转头看见了两只兔子,然后指了指盘丝洞问他们:"你们干的?"

两只兔子习惯了大先生的少见多怪,单耳兔说:"是啊,怎么啦,跟死了爹似的。"

"死了爹也没……"这时大先生看见悟空了,顿时就结巴起来,"大,大圣爷爷……您,您……已经到了?"

悟空没好气地点点头。

"快点过来,给你看看我们在洞里发现的好东西,正准备给大圣爷爷演示呢!错过了你别想让我们再单独给你演示一次!"双耳兔打断大先生说。

大先生像梦游一样过来了,眼睛都不敢看悟空。

单耳兔趁双耳兔跟大先生说话,把解说的任务抢了过来,激动地说:"说实话,我们从来没见过这种物质!昨天我们挖出来后就一直在分析,但什么也没分析出来……"

"你们昨天就挖开了?!"大先生忍不住又问道,同时飞快地瞥了一眼悟空。

"你这两个手下很了不起啊……"悟空没忍住,也跟了一句。

两只兔子对望了一眼,都有点不高兴——居然说自己是大先生的手下,明明是合作伙伴嘛!然而他们从头到尾都没听出来悟空和大先生在打什么哑谜。

"呵呵,大圣爷爷您过奖了!"双耳兔趁机把解说的角色抢了回来。哑谜猜不透，但被夸了不起总是好的。"我们和普通的妖怪比也没什么了不起，就是知识多一点、好奇心强一点、更有毅力一点……"

"嗯，还有胆子更大点、更不怕死点……"悟空冷冷地说。

双耳兔皱着眉想了想，然后说："嗯，勉强也算。其实我们胆子也不大，但为了探索未知的东西，我们确实会忘记危险……哎呀，大圣爷爷你就别夸我们了，虽然这次的发现确实了不起，但老夸我们，我们会膨胀的。还是抓紧时间来给你们讲讲这次的发现吧！喏，就是我手上的这些粉末，我们这两天进行了各种测试，发现它的性能太牛了！大圣爷爷，就算您见多识广，但肯定也想象不到这玩意儿有多牛！"

悟空又一次沉默，不知道自己应不应该当场翻脸。

这时双耳兔把盒子打开，指着盒子里的粉末对悟空说："大圣，您往里面注入一些妖力试试看！"

悟空怀疑地看了看双耳兔，最终还是忍不住好奇，对着盒子轻轻地挥出一掌，打出了一些妖力。那些黑色粉末随着悟空的一掌，一下子糊了双耳兔一脸。双耳兔"呸呸呸"了半天，然后掏出张湿巾，一边擦脸，一边骂道："你傻啊！我让你注入妖力，你干吗挥掌扇风啊，呸呸呸……"

大先生左手捂住了心口。两只兔子在作死边缘这么疯狂试探，他心脏有点受不了。

悟空冷着脸瞪着双耳兔，心里反复权衡着到底是打死这两个小妖丢脸，还是被这种小妖骂了却没打死他们丢脸。但双耳兔似乎一点都没在意，把脸擦干净后，又把盒子送到悟空面前，脸上带着无比期待的表情，说："大圣，您别扇，您就注入些妖力就行！"

悟空长长地呼出一口气，强压住了心里的怒火。他也想看看这两只兔子到底想做什么。于是他伸出右掌放在透明圆盒子的上方,接着猛地打出一股妖力,接着悟空和大先生都惊讶地"咦"了一声,悟空连生气都忘了。

两只兔子得意地仰天大笑。

透明盒子里的黑色粉末其实已经不多了,只有薄薄的一层,但就这些轻轻一掌就能随风飘走的粉末,在悟空含怒打出的妖力下居然纹丝不动!大先生或许不知道,但悟空很清楚,他打出的那股妖力,就算面前是堵墙都能打个粉碎!

悟空忍不住又伸出手,对着盒子狠狠地发出一股妖力。这股妖力之大,连站在一边的大先生都有了感应。然而那些黑色粉末依旧纹丝不动。

"我去,这是什么?"大先生问。

"不知道。但我们已经确定了,这些物质可以吸收妖力,然后把妖力锁住!"单耳兔得意扬扬地说,"就我们目前的检测结果来看,这东西能吸收的妖力特别多!我们今天凌晨拿狮王那个傻子试过了,他全身的妖力都灌不满盒底这薄薄的一层。"

大先生两眼放光,激动地对悟空说:"大圣,这东西了不得啊!你想想,要是把这东西编织到布料里,然后做套衣服,穿上之后和其他妖怪打架,那对方的妖力就全部无效啊!"

悟空也眉头一挑。

"喊!"单耳兔在一边哂笑,"大先生,不是我说你啊,智商什么的我们不指望你,但就连想象力,我们也指望不上你!"

大先生似乎已经习惯了两只兔子的说话方式,也没生气,反问道:"还有什么用处?"

"你想想,要是我们研究出来一种方法,能把锁在这种物质里的妖力释放出来,会怎么样?"

"我去!"大先生如梦方醒,"那我们就能生产大规模杀伤性法宝了!就算是小妖,平时只要不停地往法宝里注入妖力,等遇到危险时就可以把积累的妖力一次性释放出来,得到远远高于自身实力的攻击力!"

双耳兔依旧一副"孺子不可教也"的表情,而单耳兔劝双耳兔:"他只能想到这些,你别怪他。他做小妖做习惯了,所以只能从小妖的角度想象。"

尽管习惯了两只兔子的说话方式,但在悟空面前脸被打得啪啪响,大先生面子上还是有些过不去。"那还有什么用?你说!"

"你难道没想过,如果我们控制了妖力的释放速度,让妖力缓慢地释放出来,会怎么样?"双耳兔说。

大先生愣了一下,然后狂喜道:"你是说……妖力电池!"

两只兔子齐齐点头。看来这才是他们想要的答案。

"洞里面有多少这东西?"大先生着急地问。

"洞里很多,似乎是个矿,想用完还早着呢。就算用完了,估计那个时候我们也研究出成分了,说不定可以自己合成!"双耳兔说。

大先生笑得嘴都合不拢了。

"这下子是真发财了!"大先生说。

"那当然!你想想,从买来到淘汰都不用充电的妖动力手机、超长续航的妖动力摩托车和妖动力汽车,卖给那些妖怪们,肯定超级畅销!"单耳兔说。

"卖给妖怪多没意思,妖怪毕竟是少数,还是得想办法卖给人类。人类多,这生意做起来才有意思。"大先生激动地从口袋里面掏香烟,随手递给悟空一根。

"但是卖给人类,人类没办法往里面充妖力啊。"双耳兔说。

"这还不简单,我们找大妖来往这些电池里充妖力,然后给人类换电池,只换不卖,他们自己也没办法充,这样他们每充一次就要再给我交一次钱!"大先生得意地说。

单耳兔连连摇头:"这样太不方便了,我们得修建好多好多充妖力的基站,有基站又得养员工,员工还必须是妖怪。如果普及开的话，我估计妖怪都不够用！而且前期投入也不得了。另外，大先生你别忘了，很多地方是不让人类知道有妖怪存在的，这样在保密上还要投入一笔巨大的资金，我觉得不太可行！"

一时间大先生和两只兔子都陷入了沉默，接着大先生一拍巴掌说："那也简单，我们就不跟普通人做生意。你们知道吗，现在人类有一种机械外骨骼，通俗地说就是穿在身上的机器人，是用电池提供动力的。只要穿上这个，人就能像我们妖怪一样力大无穷，能扛起很重的东西。但是人类现在的电池不行，他们这种外骨骼只能用很短的时间，基本上不能投入使用。我们用妖力来做动力，做成这种外骨骼，然后卖给人类。如果像你们说的，这东西能存储那么多妖力，那么我们充满一次，够他们用一两年！咱们心也不黑，充一次妖力跟他们收个五十万就行！"

"五十万啊！"一旁的单耳兔脸上满满的都是憧憬。

"那当然！你要知道，这种东西都是打仗的时候用，人类一发炮弹都要二三十万，打起仗来，一分钟几千发就出去了……"

大先生突然又拍了一下大腿说："对了，我记得妖力足够多时是可以飞的，咱们也做到那个外骨骼上。乖乖，那这个外骨骼价格就不得了了，一台怎么着也能卖个两三千万！"

"一台两三千万？"单耳兔有些不信，但又满脸憧憬地问。

"人类的战斗机一架上亿都是正常的。"大先生说。

"大爷的，还是人类狠，为了打架肯花这么多钱，这是多大仇多大恨啊！"单耳兔说。

"其实我在想，一直靠大妖或其他妖怪给这个东西充妖力总归是不太靠谱……"一直沉默的双耳兔说，"我倒是有另一个思路。比如我们看看能不能研究出转化妖力和电力的设备，这样的话呢，我们就可以把电力直接转化成妖力储存到那个物质里，然后用的时候，再把妖力转化成电力，这样很多人类的东西我们也不用重新设计了，加装一套动力转换系统就行了！"

大先生又猛地一拍大腿——就这一会儿他的大腿都要被拍肿了。他说："你这个思路太牛了！如果能这样搞，那电动汽车、电动摩托车就都好办了。而且只要我们垄断了这种物质，我们就垄断了这个产业！不管是人类还是其他妖怪都没办法做出同样的东西，我们既可以跑量，又能有超高的利润！"

大先生和两只兔子彼此对望了一会儿，然后得意地大笑起来，场面一时充满了快活的气氛。

"你们这个破玩意儿还要研究多久才能结束？"悟空听不太懂，在边上冷冷地问。

"破玩意儿？大圣爷爷你管这个东西叫破玩意儿？！"单耳兔气呼呼地问。

"哦，是这样的，"大先生赶紧插话，他怕两只兔子口不择言再刺激悟空，万一悟空暴走就完蛋了，"我们在濯垢泉发现了一种新妖怪，不知道从哪里来的，也不知道到底是什么东西，想让你们过去研究研究，看看能不能搞清楚。"

"大圣爷爷不是有火眼金睛吗，还用得着我们？"单耳兔说。

"这次大圣爷爷也没看出来……"

"嘁——"双耳兔毫不留情地表达了鄙视。

"我们没时间。"单耳兔毫不留情地表达了拒绝。

悟空勃然大怒，大先生在千钧一发之际说："大圣爷爷！您别急，您先回去，我来跟他们说。我用性命担保，我们马上就来！"

悟空看了眼不知死活的两只兔子，哼了一声离开了。

两只兔子抖抖耳朵，也准备回去继续忙。

大先生捏了捏眉头——这是他不知不觉从朱红衣那儿学来的——然后说："你们刚发现的这个东西确实重要，我很清楚。但这玩意儿我估计短时间内是研究不出什么结果来的，咱们先把那边的事儿解决掉,然后再回来,我保证不再打扰你们了!"

"正因为不是一时半会儿就能研究好的,所以我们才要抓紧时间!"双耳兔回过头义正词严地对大先生说。

"你们要是不听我的,那我就不再资助你们的研究了!"大先生没办法,只好拿出了撒手锏。但这撒手锏不能多用,用多了,两只兔子肯定会想办法解决这个问题的。

双耳兔和单耳兔对视一眼,耳朵剧烈地抖动起来。

"妖怪形形色色,甚至有瓦砾墙砖在机缘巧合下吸收了帝流浆成精变怪的,但你们想想,连大圣的火眼金睛都看不出来是什么,这东西得有多奇怪?以前大圣的火眼金睛看不出来的妖怪,往往是因为妖力太高,隐藏得好,但这次我可以明确告诉你们,那是一个特别小的小妖怪,妖力微弱到不注意都发现不了。就是这么弱小的小妖怪,大圣居然看不出来,那么它的本体是什么,难道你们一点都不感兴趣吗?"为了激发两只兔子的求知欲,大先生感觉自己快要变成悬疑小说家了。

单耳兔和双耳兔又对视了一眼,然后双耳兔抖了抖耳朵对单耳兔说:"哎,他这么一说,听上去确实有点意思啊。"

单耳兔说:"嗯,我也觉得。"

大先生感觉自己眼泪都快流出来了。

"让狮王把我们的设备整理好,一起搬到濯垢泉去。反正盘丝洞我们也彻底检查过了,除了矿粉什么都没有。我们多带点矿粉过去,在濯垢泉研究的同时,顺带看看那个小妖到底什么情况。"有了兴趣,单耳兔开始动脑子寻找两全其美的办法。

双耳兔露出了憧憬的微笑,说:"嗯,我也是这样想的。我的天,又是一个未知之谜!这是要过年了吗?"

于是两只兔子兴冲冲地跑去找狮王了。

大先生从口袋里又摸出一根烟叼在嘴上,觉得自己心力交瘁。

就算有狮王出手，还是一直忙到下午三点才把所有的设备全部搬进濯垢泉。两只兔子吃完午饭，又睡好午觉才过来，狮王跟他们打了个招呼，也去吃饭休息了。

两只兔子进了关押阿娇的房间，只过了一会儿，单耳兔突然出来，吩咐小娘搬了很多东西进房间，然后又把门关上了。这一关，一直到第二天中午都没打开。

第二天下午，大先生匆匆忙忙地赶到关押阿娇的院子，因为他听濯垢泉的小娘说，两只兔子进了房间不吃不喝，也没出来过。

大先生在外面都要把门敲破了，里面依然没有反应。情急之下，大先生一脚就把门踹开了，结果一进去就看见了一副特别奇怪的景象。阿娇已经被松绑了，舒舒服服地躺在一张躺椅上；单耳兔坐在一张桌子后面，在笔记本电脑上噼里啪啦地敲着键盘；双耳兔坐在一张凳子上，不停地在跟阿娇聊天。

房间里有一盏发着奇怪的蓝色光芒的台灯，诡异地忽明忽暗——难怪怎么敲门都没人开，这盏灯是能隔绝外界声音和光线的法宝！以前条件差，大先生没能力给两只兔子修单独的研究室，两只兔子就发明了这玩意儿。这玩意儿一开，里面听不见外面的声音，也看不见外面的东西，但是外面能听见、看见里面。

"上和下确实不是绝对的，是主观判断，在绝对的空间里确实无所谓上或下，但你不能否认，所有的判断必须基于一定的条件。我们现在暂定的条件就是我们站在地球上，在这个房间里，那么'上'自然是我指的这个方向。"双耳兔说。

"那你有没有想过，如果有一种生物，它是头往下，脚往上，那么就算在我们这里，它的'上'也不是我们的'上'？"阿娇说。

双耳兔耳朵抖动了几下，然后说："嗯，也对，我们这个前提条件里面还少了一个限制……"

大先生把手伸进那片蓝色光芒里，把台灯关掉了，然后问：

"你们在干什么？！"

两只兔子一齐转头看向大先生，把大先生吓了一跳。只见两只兔子本身已经很红的眼睛里现在居然能看到大量的红血丝，这些充血的血管都已经快爆出来了。

两只兔子不满地转动着耳朵，单耳兔说："大先生，你有什么事啊？"

大先生说："我没事！我就是想问问你们，现在到底是在忙什么……"

双耳兔一边伸手去开那盏古怪的台灯，一边不满地嘀咕着："没事你干什么不好，非要来烦我们……"

大先生一把捂住台灯的开关，然后说："你们别忙，给我说清楚了，不然我就把这台灯砸了，把这个小妖怪宰了！"大先生用另一只手指了指躺在躺椅上的阿娇。

双耳兔的耳朵抖得跟触了电一样，疯狂地表达着自己的不满。

单耳兔叹了口气，跟双耳兔说："算了算了，我来跟大先生解释。他们这些普通妖怪是什么样子你也知道，你继续！"

双耳兔愤愤地扒开大先生捂住台灯开关的手，把台灯又打开了，转身跟阿娇继续聊起来。

单耳兔推开面前的桌子，站起身来，随后一个趔趄，差点跌一跤。他扶着桌子，捶了捶自己的腰，走出了那片蓝色的光芒。

"我的妈啊，大先生，这真不能怪我们，要怪就怪你最近发现的好东西太多！你别看这个小妖怪妖力不大，但她绝对是个宝贝，给了我们特别多的启发！我们刚测试她时就发现，她的思路很清奇啊，很多大家司空见惯的事情，她都能用不一样的角度思考。你要知道，所谓的理所当然，从思维的角度而言，都是枷锁。"

单耳兔站在大先生面前，一边前后左右转着腰，一边说："有人类想到苹果为什么会掉下树，然后就开启了伟大的重力学。这个小妖精更厉害,我们跟她聊了不到一个小时,连'1+1=2'都让我们起了疑心……"

大先生捂住了自己的头——他现在非常崩溃。他是想让两只兔子搞清楚这只小妖怪的来历,谁知道这两只兔子似乎着了小妖怪的道,他现在脑袋一片混乱……

"我们研究了五六个小时……"单耳兔突然靠近了大先生,像要说一个非常重大的秘密似的凑在大先生耳朵边上,小声地说,"我们现在高度怀疑,在三和四之间,应该还有一个自然数!自然数你知道吧?如果我们能找到这个自然数,我们说不定就能破解空间和时间的秘密!"

单耳兔一副得意的表情看向大先生,好像在等大先生惊叹自己的发现。然而大先生只觉得脑袋瓜嗡嗡的,单耳兔一夜没睡,也没刷牙,那口气真是臭得惊人。

"我让你们来查这小妖的来历,你们可别着了她的道……"大先生有气无力地说。

单耳兔的一只耳朵抖了几下,明显没有明白大先生到底是什么意思。

"随你们了……但明天中午必须告诉我这只小妖的来路,不然的话,大圣那边我也不好交代,到时候就只能采取强制措施了!"大先生崩溃地说。

"这个简单,我们只要查查她的妖力波纹就能确定。我跟卯甲说一声,最多二十分钟就能比对出来。"单耳兔知道大圣爷爷是不讲道理的,于是也妥协了。

"另外,我不管你们在搞什么,必须吃饭,必须睡觉!我要求也不多,至少睡三个小时,你们也不想变成死兔子吧?"大先生说。

在被大先生叫来的狮王的强制措施下,阿娇又被绑起来了。两只兔子食不知味地随便吃了点,又被强制睡觉,双耳兔不满得耳朵都要抖掉了，但因为确实太累，抖着抖着就不动了。见两只兔子都躺倒打起了呼噜，大先生长长地叹了口气。

"我的妈，我这哪儿是组织老大，分明就是幼儿园大班的保姆！"大先生对狮王抱怨道。

狮王没说话，嘿嘿一笑。

第十三章

妖怪开会

在濯垢泉的临时办公室里，张咪咪在四角都放上了粉红色的台灯，接着台灯开始诡异地忽明忽暗地闪烁着。

大先生两脚翘在会议桌上，不满地打量着台灯。

这是那两只兔子今天中午用的那种灯的另一个版本，打开后看不见里面的情景，也听不见里面的声音，和兔子用的正好相反。大先生是看见兔子用了台灯，才想起来自己仓库里还有这玩意儿，让张咪咪临时回去拿来的。

"这灯的颜色就不能改改吗……"大先生不满地说，"我记得我们后来不用这玩意儿也是因为它把会议室搞得像路边发廊一样……"

坐在会议桌对面的小黑说："以前不就提过了吗，兔子说颜色改不了，说有什么原理……"

"改不了个鬼！"大先生愤怒地说，"就是因为当时是老子逼着他们搞出来的，这两只死兔子不高兴，故意搞成这样来气老子！总有一天老子要把这两只死兔子给炖了！老子还是黄鼠狼的时候，最擅长抓兔子了！"

"好了好了，黄鼠狼时的事也拿出来说。能用就行了，也就你整天在意这些事情！"张咪咪说着，从会议桌上堆得满满的文件里挑出一个文件夹，随手甩给对面的小黑，然后自己也挑了一个抓在手上，随后坐到大先生边上，把两条黑丝大长腿放到会议桌上，开始翻手里的文件夹。

小黑拿过自己的文件夹，看着对面张咪咪翘在会议桌上的大长腿,咽了口口水,正打算站起来。

"给老娘好好坐着!"张咪咪头都没抬,"你只要敢到老娘身后,老娘就揍你!"

小黑无奈地抓了抓头上的毛线帽,开始翻手上的文件夹。

"赔了濯垢泉多少钱?"大先生问。

"八百多万,还没修完。如果全部修完,估计要一千七百多万。"张咪咪说。

"我去,怎么这么多?!这群臭婆娘拿我当冤大头!"大先生顿时就急了,一激动,连手上的香烟都捏断了。

"你别看濯垢泉不像咱们这儿金碧辉煌,但就修复时找的那一整块太湖石,就值四百多万!"

"就那块一人多高的石头?"大先生问。

"是啊。"

"我们那里不也用那种石头的吗?我记得不贵啊,一两千块一吨!"大先生说。

"老大,我们那个不是天然的,是钻孔拼接的。"张咪咪说。

"我看都一样啊,就不能用我们那种?"大先生说。

"人家被咬天鼠毁掉的是天然的啊,我找了好多朋友才找到差不多大小的一块,还是打了折的!"张咪咪有点不高兴了。

大先生不吱声了,过了一会儿,又得意地说:"不过咬天鼠赔了我们四百斤黄金,怎么着也有五千多万,也算赚了。"

"咬天鼠赔了两千多万。"张咪咪毫不留情地说。

"怎么可能!我记得清清楚楚,按体重算的!阿豿两百斤,张大胯子两百斤——张大胯子就算了,阿豿我还多算了!"

张咪咪看了大先生一眼,然后说:"阿豿的赔偿你不是没要,换了那个特别嚣张的咬天鼠小崽子的命,还是狮王宰的,然后在阿豿坟前我们用它打了边炉。"

大先生手里的香烟都揉碎了,又从口袋里掏出来一根。

"而且张大胯子的那两千多万已经给张大胯子的家人了,是小八带着他家人过来拿的。"

大先生手一抖,差点又捏断一根香烟。

"等于,就是说,我们一点好处都没捞到!?"大先生有点绝望地问。

"老大,食材仓库里堆了一堆咬天鼠。"小黑提醒道。

大先生这才感觉到心里没那么疼了,恶狠狠地对小黑说:"把咬天鼠这道菜加到菜单上,他奶奶的,整条标价五千万!介绍就说是跟盘古大神一样的存在!五千万吃盘古大神一样的存在,不贵吧?!"

张咪咪说:"这可就把咬天鼠一族得罪死了。"

"早就得罪死了。"大先生毫不在意地说。

"对了,我记得张大胯子死的时候,说他有一本账本,也跟他家人要过来,就说我们去帮他讨账。我记得他说过,有的账他让他老婆别去要了,怕被报复,但我们不怕啊。我们去把这些烂账全要回来,然后给张大胯子家三分之一,剩下的算我们的服务费。"

张咪咪毫不掩饰自己的鄙视:"就张大胯子混的那种尿样,我估计账全要回来也不会超过二十万。"

大先生把腿从会议桌上放下来,然后用巴掌狠狠地拍着会议桌说:"二十万不是钱啊?老子的钱都是一分一分挣回来的!二十万不少啦!"

"二十万里要得回来的估计也就三分之一,这才六万多;六万多我们还只能留三分之二,也就四万多块钱,您爱让谁去让谁去,我反正不会去!"张咪咪丝毫不给大先生留面子。

"算了算了,我去要还不行吗!?"小黑怕张咪咪和大先生吵起来,在边上和稀泥道。

大先生看了看小黑,眼珠转了两圈,然后说:"算了,是我考虑不周。大爷的,想要回这四万多块,估计我得填十几万人工费进去。"

小黑宽慰道:"老大,我们还是大赚特赚的。别说卖掉一条咬天鼠我们就赚不少,你别忘了还有那只能用咬天鼠的牙练成的法宝,你想想,那个值多少?另外我们从老鼠洞里翻出来的那些银行卡里都是现钱啊,金额加起来也不少了!"

大先生一听,眉头顿时舒展开了,说:"怪我怪我,我本来以为濯垢泉最多也就一两百万就能修好,实际跟预计相差太大,一下子把我搞蒙了。"突然他又愤怒起来,"那些银行卡金额是不得了,但被那些臭婆娘拿走了六成!算上我运作的费用,最后落到我们手上就两成,他大爷的!"

大先生愤恨不已地发了一会儿狠,说了一堆要怎么收拾这些臭婆娘的话,听得张咪咪都有点脸红。他好不容易平复了心情,随手把手上捏得有点变形的烟扔给小黑,然后自己又抽出一根点燃了,说:"阿豺的事,都办好了吧?"

小黑点点头说:"都搞定了,狮王出的手,我善的后。"

"鸡犬不留?"大先生问。

"鸡犬不留!"小黑回答。

"其实阿豺那件事也不能全怪对方,把对方杀得鸡犬不留是不是有点过分了?特别是这段时间,万一要是被大圣爷爷知道,这风险也太大了。"张咪咪说。

"这我还不知道吗?"大先生说,"阿豺最后放不下的,也就这点破事。对不对得起对方我管不了,我只求对得起兄弟。大圣估计短时间内是走不了了,我不想让兄弟等那么久。"

大先生抽了口烟,噗的一下吐出来,然后又拍了下桌子,说:"谈正事!我们今天开会,主要还是跟进一下温泉浴场的进度,这是我们取代濯垢泉成为人、怪、仙、鬼各界连接点的机会,是我们今后一百年基业的基础!濯垢泉不思进取,经营这么多年也就这点成就,我们要是能取而代之,绝对能做到比她们大几百倍!大家这段时间辛苦点,绝对绝对不要出差错!小黑你先说,厨房那块儿到什么进度了,美食家先生的厨房可是重中之重!"

小黑坐直了身子,然后开始汇报:"厨房的硬件已经全部搞好了,也让美食家先生验收过了,除了一些细节,基本上没什么纰漏。花了多少钱今天就不说了吧,老大你今天心情不太稳定,怕吓着你!"

"得了吧,你肯定是还没有统计出来!"大先生说。

小黑嘿嘿一笑,说:"具体的数字是还没出来,但是我心里有数,反正得不少条咬天鼠。"

大先生摇摇头,说:"该花还是得花,这是投资,不能省。"

"那我就放心了。"小黑说,"除了硬件外,美食家先生开了七张菜单,一张菜单是作为店里招牌菜用的,价格不算太高,客人无论什么时候来都能吃到。菜单的食材渠道都是现成的,等到正式开始采购后,价格方面应该还能再谈谈;另外还有四张时鲜菜单,对应春、夏、秋、冬,大部分渠道都疏通好了,个别几样得到时候了再看哪条渠道的货物品质更好一些;最后两张特殊的单子有点麻烦,一张是不出现在菜单上,专门供以后老客户点的隐藏菜单,还有一张是我们今后邀请特别重要的客人使用的。

"这两张菜单里面都有龙肝凤髓这些东西,美食家先生有些仙界的路子,只要钱到位就行。另外还有各种奇怪的动物,我记得有个什么'牝牡',美食家先生说吃过这个的就不容易妒忌,有些大妖的三妻四妾,对这东西趋之若鹜。特别菜单上像这些有奇怪功能的菜不少,不过也是奇了怪了,这些东西在濯垢泉周边的山里和湖泊里居然都找到了,尽管量都不大,但想要吃还是有的。加上老大你刚才说的那个咬天鼠,咱们这两张特殊菜单,就算玉皇大帝来赴宴也拿得出手了。不过……"

小黑抓了抓黑帽子,说:"要我建议,人肉就别卖了。有些妖怪对人肉有执念，人肉好卖是好卖，利润也高，但太难找。按老大你说的，要人心甘情愿地来做食材，那难度太大！还常常有人突然反悔。你说养了大半年，他突然反悔了，损失可就大了……我说实话，如果想正常供应，可能得像耗子洞那么搞！"

大先生也皱了皱眉，然后说："按耗子洞那么搞不是不行，但风险太大，为了那点好处，不值当。不行就减少供应吧，只要保证美食家先生研究菜式用的就行了！"

小黑点点头，说："也只能这样了。对了，美食家先生的厨师团队有四百多人，都是厨房老手，这段时间正在磨合，每天都要做不少菜。过几天还要测试，看看出餐极限是多少。老大，你看有没有什么不重要的客人，最近可以请起来了，不然也是浪费。"

大先生点点头，说："先做员工餐，我如果有人要请提前跟你打招呼。对了，那四百人的后厨团队里，有没有能接班的，如果有的话，现在就可以开始培养了。"

小黑想了想，说："美食家先生专门搞了个小工作室，挑了团队里的前二十名，他亲自指导，我们可以从这二十个人里再挑。目前来看好手很多，光星级饭店和米其林五星的主厨都有十几个……"

"我去，这些家伙工资多少？我们需要这么多好手吗？"大先生吃惊道。

小黑嘿嘿一笑，说："都是冲着美食家先生来的，我这边工资开得特别低……"

大先生竖起大拇指，说："漂亮！"

"别最后都留不住。"张咪咪提醒道。

"这个无妨，"大先生说，"只要他能证明自己的价值，我就能开出让他舍不得走的条件。"

小黑又翻了翻文件夹，说："其他就都是些细节问题了。比如美食家先生工作室的二十位大厨，每位都要全套的定制刀具，美食家先生指定只要一位老刀匠做的，而那位老刀匠半个月才能做一把刀，每个师傅要四把。这个只能等，急不来。另外美食家先生还是老抱怨，说我们沉淀不够，各种盛器花样太少……"

"沉淀不够也没办法，毕竟我们才开始做嘛。"大先生说。

"美食家先生说，以后我们可以慢慢淘一些古董瓷器和老物件来，现在为了加快沉淀，可以直接参加拍卖……"小黑顿了一下，"我上次去看了一下，我的妈，一个破碗卖两百多万！"

大先生也被吓得手一哆嗦，差点又捏断一根烟："你别理他，等他来找我再说。"

小黑翻了翻文件夹："我这边就没有其他事了。"

大先生看向张咪咪，张咪咪说："我这边硬装基本上差不多了，已经进入软装阶段。"

大先生叹了口气，说："我都没时间去看，每天全是事……对了，目前来看和前期的效果图出入大吗？"

"至少达到百分之九十。"张咪咪说。

大先生看了眼张咪咪，然后说："在你嘴里只有百分之九十，按往常的经验，估计能有百分之八十就不错了！"

张咪咪说："还不是你，老压缩预算，说有些东西不需要花那么多钱去搞，最后效果自然出不来。"

大先生说："你是不当家不知柴米贵……"

"老大，你放心好了，那个效果图我也看了，就算只达到百分之七十的装修效果，也不耽误挣钱！"小黑说。

大先生点了点头，说："花了那么多钱请来的设计师，这点底线还是要有的。"

"另外，老大，这次我参与了灈垢泉的维修。我觉得至少要搞出一个院子，能达到灈垢泉的标准，不然今后那些大佬来我们这里，一眼看过去都是假冒的太湖石之类的便宜货，太丢人了。"

大先生叹了口气,说:"本来我是想吞并濯垢泉,这样一些重要的客户直接就在那接待了,现在看起来还是有点难度。你先在湖边划一块地方出来别动,后面我们根据需要调整。"

张咪咪点了点头。

"你们两边再算一算,看看我们之前确定的开业时间来不来得及。"

小黑在心里面盘算了一下,说:"就算有出入的话,也就一个星期吧。要是想搞得好一点,最好再延长一个星期。"

"我这边也差不多。"张咪咪说。

大先生摇摇头,说:"我特意请乌巢禅师算了开业时间,能赶就尽量赶出来,开业前一个星期全面验收。实在来不及,开业后边经营边弥补都没问题。"

小黑和张咪咪都点了点头。

"对了,宣传这块没问题吧?"大先生问张咪咪。

张咪咪一听要说这个,立马就笑起来:"老大,上次你跟大圣爷爷在夜市拜天地那真是神来之笔,我昨天看了下,那个视频播放量超十万了,估计这段时间随时要爆,我这边会安排账号透露大圣爷爷的位置。等我们开业时,估计人类、妖族,甚至仙界都会有很多大佬过来,要跟大圣爷爷见一面。"

大先生点点头,然后说:"记住了,不要主动传播,关键时候稍微引导一下就好,别让大圣爷爷发现。"

张咪咪笑了笑说:"那还用说吗,就大圣爷爷那个脾气,要是发现我们利用他,估计我们不死也得脱层皮。"

"知道就好。"大先生说。

大先生这边讨论得热火朝天,而同一时间的濯垢泉如锦院,七个蜘蛛精姐妹也是七嘴八舌,热闹非凡。

如锦院的一间小厅里,大姐朱红衣把一个小袋子塞进口袋。

如果悟空在的话,他一定能认出这里有一个小型的千丝万缕天蛛阵。密密麻麻的蛛丝布满了整间小厅,接着厅内的蛛丝变得透明,然后不见了,而最外围的蛛丝则发出微光,隔绝了外界所有视线。

几乎布满了整个空间的蛛网,朱红衣一瞬间就把小厅彻底地检查了一遍。然后所有蛛丝开始随着小厅内说话的声音细微地颤动,把内部的声音也全部都隔绝了,外界再也听不见一点。

"紫璃,最近院里生意怎么样?"朱红衣问。

"院子都订满了,"紫璃笑盈盈地说,"除了老客们常年包下的那几个院子还空着。现在每天都有很多来问的,如今想住到我们这儿得提前半个月预定。"

朱红衣沉吟了一会儿,说:"最近不是节日,也不是假期的,怎么客人这么多?我记得去年这时院里有一大半都空着呢。"

朱紫璃叹了口气,说:"圣僧一行在我们这里的消息好像被人放出去了,来订房的人都问大圣或圣僧在不在,我都让小娘跟他们说不清楚。而且定了院子的客人,来了之后既不出去逛,也不泡温泉,反而天天在院里到处逛。好在圣僧和他几个徒弟都不喜欢在外面晃悠,到目前为止还没被人发现,不过我估计被发现也只是时间问题。"

朱红衣叹了一口气,说:"你还说他们不喜欢在外面逛,我前天就看见猪长老在咱们院外探头探脑的,好在及时被小马发现了。后来我出面给他安排了个院子去休息,你们最近换衣服、洗澡什么的也注意点,这位猪长老不太讲究。"

"圣僧那几个徒弟,也就猪长老最没眼色,也不看看自己长什么样,一天到晚看见女的就走不动路。有一天我遇见他,他还巴巴地凑过来跟我聊,说他下界后,又是什么卯二姐又是什么高小姐,都是他相好的。也不知这两位当初怎么下得去嘴的。"朱黄翠说。

"那你当时还跟他聊得咯咯笑。"这时朱绿蕉在一边说。

"我那不是逗他嘛。"朱黄翠瞥了一眼朱绿蕉说。

"猪长老也是个可怜人,当年可是高高在上的天蓬元帅。他要还是当年那个地位,估计你连接近人家的机会都没有,也就是后来不小心投了个猪胎。"朱绿蕉说。

"五姐,那你现在可是有机会去给元帅暖暖床了,我保证那元帅现在都肯亲你臭脚。"朱黄翠说。

"六妹你说什么呢?!"朱绿蕉气得满脸通红。

"投了猪胎不是他的罪过,一天到晚这副猪样就是他的问题!"朱黄翠继续说。

"好了,黄翠,不要欺负五妹,而且这种话以后不要说了,言多必失。万一说出去,被猪长老听到了可不得了。圣僧一行都不是咱们能得罪的,何况现在还求他们帮忙。别让人觉得我们不知感恩。"朱红衣说。

"那大姐你派五姐去报个恩啊,猪长老保证觉得我们上道。"

"朱黄翠!"朱红衣呵斥了一声。

见大姐真生气了,朱黄翠撇了撇嘴角,不说话了。

"不过那个白龙公子是真帅!"朱橙新见气氛有些紧张,为了缓和气氛说了一句。

"是啊,可惜眼光也高。听说他院里的小娘他一个也没碰,也不知阿娇这丫头哪来的福气,让白龙公子另眼相看。只可惜又不知被什么附了身,不然让阿娇拉拢拉拢白龙公子多好。尽管现在龙族不比以前,不过底子厚啊。"朱紫璃说。

"圣僧的模样也是极好的,如果有机会的话,还真想勾引勾引。"朱黄翠又跟了一句。

"黄翠,这话不能乱讲!说说白龙公子也就算了,圣僧一路西行,有多少女妖都想勾引圣僧,哪一个不是被大圣爷爷一棍子敲死了?"

"我不也就是在这里说说吗,我在外面什么时候多过话?"朱黄翠气鼓鼓地说,"我看大圣爷爷是心理有问题,勾引圣僧就算有罪也罪不至死吧,他那是心理变态,没有女妖精看得上他!"

朱红衣敲了敲桌子说:"朱黄翠!越说越不像话了!"

"大圣才不是心理变态呢,其实大圣是个性情中人。你们不知道,前段时间,我亲眼见到大圣把一个夜宵摊上的妖怪全部都喝倒了!上百个妖怪啊!而且,我说了你们都不相信,大圣还跟大先生拜了天地!"朱粉蕊在一边炫耀道。

"跟大先生拜天地?那还不变态啊!"朱黄翠皱着眉头,捂着嘴,做出吃惊加恶心的样子,小脸蛋上的五官挤在一起,却显得相当可爱。

"你说什么?"朱红衣非常地疑惑。

朱粉蕊就把那天晚上的事绘声绘色地说了一遍。

朱红衣都没有心思去问朱粉蕊,为什么那么晚会出现在那里,而是担忧地说道:"大圣跟大先生的关系现在都这么好了?"

"怎么可能!就是气氛到了,加上大圣那天确实喝多了,才有了这一出。我估计他都不记得发生了什么。说实话,那天差点把我们笑死,大家几乎都拍了视频发朋友圈了。我朋友圈里面就有,你们没看见?"

几个姐妹相互看了一眼,朱橙新说:"看来,这就是为什么好多妖怪都知道圣僧一行在我们这里了。"

朱红衣叹了口气,说:"是福不是祸,是祸躲不过,不管了。"

她端起桌上的茶抿了一口,然后问:"蓝滟,魔君大人那边……"她停顿了一下,"最近是什么情况?"

朱蓝滟先前一直没出声,听见大姐问自己,轻抬眼帘,微启朱唇说:"魔君大人那边的事你们都知道,一个月也就过来几次,基本上也没什么话跟我聊。"

朱红衣看着自己这个最漂亮的妹妹,感觉一阵心疼。

谈到魔君大人，七个姐妹都有些压抑，于是，场面安静了一会儿。

"我们查濯垢泉四十岁死人的事，他也没说什么？"朱红衣又问了一句。

朱蓝滟摇了摇头。

"帮不上忙也不至于拦着我们吧。"朱黄翠忍不住说了一句。

朱红衣没说话，右手的食指无意识地轻轻敲打着茶杯的杯盖。过了好一会儿，朱红衣说："紫璃，圣僧在我们这里的事，能瞒多久就瞒多久。"

朱紫璃点了点头。

"黄翠，你去跟猪长老多接触接触，多打听点圣僧他们师徒的事。如果有可能的话吹吹风，让他们快点帮我们解决那个诅咒。"

朱黄翠翻了个白眼，但什么也没说。

"绿蕉，你跟小八关系好，现在我们这里也就小八能跟大圣说上话，该做些什么，我也不用多说了。"

朱绿蕉脸一红，点了点头。

朱红衣捏了捏眉头："以前搞定关系，小娘不行还有自己姐妹几个，可以说无往不利。但圣僧这行人，清心寡欲，让人摸不清虚实，咱们不敢轻举妄动，曾经的优势反倒成了掣肘，反而不像大先生那么方便了。"

"橙新，厨房的事情你还是要多费心，有空跟美食家先生多走动走动，一来好解决我们厨房的问题，二来也了解一下大先生那边到底是什么情况。"

朱橙新也点了点头。

迟疑了一会儿，朱红衣还是对朱粉蕊说道："你是不是常跟大圣爷爷一起抽烟？"

朱粉蕊吓了一跳，说："我不抽烟啊，谁说的？"

朱红衣又捏了捏眉头,说:"去紫璃那领些最好的烟吧,有空多跟大圣一起抽烟……"

有那么一瞬间,朱粉蕊以为自己听错了,不知道该不该相信这话。

第十四章

八戒的春天

尽管知道山神老头住到了自己的院里，但饭桌上多了一个人还是让人感觉有点怪怪的。

山神老头说要把那些破烂全部都收到自己的房间里，但实际上他的房间也就塞下了三分之二，还有三分之一堆在院子里。不过他整理得比较干净，又用一张大白布全部盖起来了，确实影响不大。

三藏当然不在乎这些，只有八戒不停地抱怨，但被三藏狠狠地训了一顿后，也不吱声了。

今天的午饭是山神老头第一次上桌。之前他一直在忙活，饭都是随便解决的。

三藏讲究食不语，所以他在时，大家都不讲话，各自沉默着吃饭。但这让山神老头浑身不得劲，不停挤眉弄眼，但没人理他。最后他只好像小学生一样坐得端端正正，专心吃自己面前的几盘菜，连远一点的菜都不敢夹。

三藏好不容易吃完了，拿起桌上的餐巾纸擦了擦嘴，跟大家打了个招呼，站起来回了自己的房间。

"大师兄……"三藏一走，沙僧突然叫悟空。

悟空嗯了一句，表示听到了。

沙僧说："大师兄，你跟大先生是不是特别熟啊。"

悟空嘴里叼着筷子头，抬头狐疑地看了一眼沙僧，想了想说："嗯，应该算是比较熟。"

"我看你们天天都在一起。"沙僧说。

悟空又想了想，确实如他所说，不过原因不能告诉他——自己天天跟大先生厮混在一起，无非是因为不要钱的好烟管够。

"师父让他帮我们想办法解决濯垢泉的诅咒，他那边脑袋灵光的人确实多，所以跟他在一起的时间长一点。"悟空这样解释道。

沙僧点了点头，然后问："你跟他关系怎么样？"

悟空奇怪地看了一眼沙僧。今天一上桌，他就觉得沙僧怪怪的，哪里奇怪又说不上来，于是他直接问："沙师弟，到底什么事情啊？"

沙僧坐得笔直，表情特别严肃，他说："如果大先生做了什么坏事，你能下得了手对付他吗？"

这么奇怪的问题一问出来，不光悟空眉头紧皱，连山神老头和八戒也齐齐抬头去看沙僧，然后又齐齐转头去看悟空。

悟空沉吟了一下，说："他做了什么坏事？"

这次轮到沙僧愣住了，他说："没有没有……我就是假设啊，假设！"他和师父说好了，暂时不让悟空知道，所以他也不好明说。

悟空想了想说："不管是谁，就算是八戒，只要是做了什么十恶不赦的坏事，又不服师父管教，需要我出手的时候我都会出手的！"

"就算要杀，你也愿意？"

"当然！"悟空皱着眉说。

"不是，沙师弟，你到底啥意思啊？怎么把我也牵扯上了？我能做什么坏事啊！你们说事归说事，别扯上我！"八戒气愤地小声嘀咕。他最近被师父骂得有点狠，不敢大喊大叫。

沙僧若有所思地点点头。

八戒说："沙师弟啊，你今天怎么神神道道的。还有啊，你今天怎么好像长得也跟以前不太一样了。"

悟空听了这话也看了沙僧几眼,发现他确实跟以前有点不一样,但又说不出来哪里不一样,好像……脸上的蓝色更亮一点,身上的衣服更干净一点。

突然,八戒伸着他的长鼻子,对着沙僧闻了几下后说:"哎呀,沙师弟,你擦香啦?!"

沙僧手一抖,碗差点掉在地上,那张蓝色的大脸竟然透出了红色。他慌里慌张地说:"没,没……"话没说完,就放下了碗筷,"我吃好了,师兄,山神老爷子,你们慢慢吃!"然后就慌里慌张地走了。

八戒一只手端着比他的头还大的碗,一只手拿着超长的筷子,笑嘻嘻地说:"哎呀,这个沙师弟,居然擦香了……"

悟空扯了扯嘴角,低头继续吃饭。

山神老头观察着桌上突然出现的插曲,然后怯生生地问悟空:"大圣,沙长老是什么意思啊?会不会是他发现大先生干了什么十恶不赦的事情?"

悟空说:"这段时间小黄天天跟我在一起,以前他干了什么,跟我无关,现在他想干什么也没机会。"

山神老头点点头,总觉得有什么不对,想想反正也跟自己没关系,于是心思很快就放到午饭上去了。你别说,就算没有荤菜,圣僧院里的午饭还是特别好吃的!

和沙僧莫名其妙地聊完后,悟空又去了一趟关押阿娇的房间。看见两只兔子都来了,而且已经开始往房间里搬设备,悟空觉得自己总算找回了点面子,正准备离开时,看见院门口有一道白色身影一晃,是小白龙。

小白龙一般都待在自己的院子里,必要的时候才出来。按小白龙的话说,看见二师兄他头晕。

小白龙看见悟空,不着急问阿娇那里的情况,而是立刻靠过来小声说:"大师兄,这马上就满打满算一个月了……"

悟空点点头说:"是呀,现在越搞越复杂,我看师父没有一点要离开的打算。就这样一件事接着一件事,我看我们得在这里过年!"

小白龙沉默了一会儿,然后没好气地说:"大师兄,您真沉得住气,现在离过年还有大半年……"

"那你有什么办法?"

小白龙又沉默了一会儿,然后说:"大师兄,你有没有觉得,其实在这里发生的所有事,背后似乎都有一只若隐若现的手,各种事情都是要把我们拖在这里。我叔叔专门来警告我们,一定是有巨大的危险要发生……"

悟空想了想,点了点头说:"问题还是师父啊,他老人家不点头,我们怎么走?"

"晚上我过来一趟,我们把所有的事情都跟师父摊牌吧!"小白龙说。

悟空说:"那也行。"

八戒睡午觉居然到下午两点就醒了,而且怎么也睡不着了!

自打住进濯垢泉以来,八戒一直都在睡了吃、吃了泡、泡了睡,今天总算有点腻了。他把衣服歪歪斜斜地穿上,目光呆滞地坐在院子里,感觉全身又酸又胀,而且很累——不是因为没休息好,而是因为睡太久了。他想找点事情做,一时却又不知道做些什么。

在他身边,山神老头正在摆弄一张破藤椅。那张藤椅已经破得一塌糊涂,山神老头砍了竹子,劈了篾条,打算修补一下。

八戒嫌弃地往边上坐了坐,没想到山神老头主动来搭话:"您没事做吗?"

八戒打了一个大大的哈欠,说:"是啊,我刚才看了下才两点多,离晚饭的时间还早着呢。"

山神老头用力地把一根竹篾条塞进破藤椅的后面,然后"刺啦"一声用力拉了出来。

"天蓬元帅呀,我听说以前你在天河跟五大天魔干过仗?"

八戒一听就来了精神,说:"那是。我跟你说,那时我们是以少胜多。我们当时的兵力只有对方的五分之一,但是老子不怵他们,带着小的们冲上去就是干!杀得对方尸横遍野,把整条银河都染红了。我告诉你,我们当时摆的那个阵啊,是有讲究的……"

难得有人跟八戒聊这个话题,他顿时来了兴致,滔滔不绝地一口气讲了快三十分钟。而山神老头也不打断他,一边拉着竹篾条修藤椅,一边听得津津有味,时不时还恰到好处地点评一两句。

聊着聊着,八戒突然沉默了。这时,山神老头又恰到好处地转移了话题,说:"哎呀,你有没有觉得,厨房做的那个松茸煎饺特别好吃,一口下去,汁水冒出来,松茸的香气一下子也跟着喷出来,啧啧……"

八戒一拍大腿,说:"哎呀,你也觉得那个好吃?!我告诉你,还不只这个呢!有一次,他们用南瓜做了道'葫芦鸭',那味道……"

山神老头一听,立刻问道:"南瓜做的葫芦鸭?里面塞的是什么呀?"

八戒绘声绘色地跟他形容了南瓜葫芦鸭里有哪些原料。

听八戒介绍完葫芦鸭后,山神老头说:"可惜你们只吃素的,这里的荤菜才好吃!"接着,山神老头也绘声绘色地描述了一遍濯垢泉的荤菜,什么烤鹿脯、八宝野鸡羹……听得八戒直流口水。

听完山神老头的介绍,八戒不服输,又把大先生第一次到濯垢泉来时,濯垢泉专门为他们准备的纯素商务宴描述了一遍。素肉牛排、嫩蚕豆拌万毒花、炭烤龙髓木芯……说着说着,八戒的口水都喷出来了。接下来的一个小时,八戒挺着肚子和流着口水的山神老头用口述的方式把濯垢泉的美味佳肴又"吃"了一遍。

聊着聊着，八戒和山神老头发现，有的菜好像已经"吃"了两遍了，于是山神老头又把话题转到了姑娘身上。

"大长腿才够劲儿！"山神老头说。

"长腿当然好，但是胸太小也不行，最好要有点肉，特别是屁股要圆要大……"八戒跟着补充。

三藏在房里实在是听不下去了，恨不得出来把这个徒弟一巴掌拍死。但因为山神老头在，他不好直接过去，于是在房间里狠狠地咳嗽了几声。

听到咳嗽声，八戒和山神老头都缩了缩脖子。接着八戒就主动靠到了山神老头身边，然后两个家伙说悄悄话般继续小声聊这个话题，每过一会儿就爆发出一阵猥琐不堪的笑声，八戒还时不时用力地跺跺脚。最后，八戒甚至主动伸手去帮山神老头拉竹篾条——他觉得天上地下，只有山神老头是最懂自己的！

聊着聊着到了五点，山神老头站起来拍拍屁股，说："看来今天这张藤椅是搞不完了。晚饭前我要去新修的大别墅看看，元帅要不要跟我一起去？"

八戒想了想，觉得工地脏，走过去又累，便拒绝了。于是山神老头就回房去准备，八戒也站起来意犹未尽地伸了伸懒腰。看看时间，距离晚饭还有一个多小时，他便也想出去走走。正好山神老头整理好了准备出门，八戒就跟着他一起出了院子，又一起出了濯垢泉。然后山神老头直直地往自己的大别墅走去，八戒没什么想去的地方，便奔着濯垢泉后山去了。

这几天觉睡得太多，浑身不舒服，他想稍微运动运动，舒展舒展筋骨，等会儿晚饭还可以多吃一点。八戒顶着昏黄温热的夕阳，吭哧吭哧地爬上了半山腰的观景平台。下午他和山神老头聊天时提起了以前做天蓬元帅时的威风，这会儿一时兴起，便在观景平台上打起了天庭水军的军体拳。不过，他很久没有打过拳了，而且现在的体形比以前胖了太多,腰也弯不下去,腿也抬不起来,所有的动作都荒腔走板。打了几个动作,他自己也感觉到滑稽,于是又四下看了看,见周边都没人,不会有人笑话他,这才继续打下去。

就在他越打越投入,甚至嘴里开始哼哼哈哈的时候,突然有一个姑娘的声音传来:"哎,天蓬元帅,你这是在做什么啊?"

八戒吓得差点一屁股坐到地上,然后抬头一看,不远处居然站着一个身穿黄色轻纱的少女!她身上的黄色轻纱似露非露,捂着嘴,巧笑嫣然——正是朱黄翠!

八戒瞬间羞得满脸通红,甚至有点恼羞成怒,他说:"老子在练拳,你看不出来吗?"

"哦,天蓬元帅是在练拳啊……"朱黄翠捂着嘴似乎忍了又忍,"天蓬元帅这套拳法,是靠把对方笑死体现威力吗?"

八戒脑袋里"轰"的一声,顿时尴尬得想找个地缝钻进去,接着又渐渐平静下来,硬着头皮说:"这是老猪的不传之秘!不是我老猪吓唬你,想偷学的都被老猪打死了!"

黄衣少女捂着嘴"咯咯咯"笑起来,笑完之后说:"哎呀,天蓬元帅,小女子也偷学了,你要拿小女子怎么办啊?"

八戒一听,小眼睛立刻眯了起来,然后说:"那……那……你把小手给我摸摸……"

朱黄翠立刻收起了笑脸,然后狠狠地一跺脚,一拧身子,说:"这位猪长老你怎么回事,一天到晚就想着占人家便宜。"

八戒的眼神里有一点残留的忧伤,但更多的是自暴自弃——有便宜不占王八蛋,老子反正就这样了!本着摸到就是赚到的态度,八戒恬不知耻地往朱黄翠面前靠,还伸手去抓朱黄翠的小手。

"猪长老,你要是乱来,我就告诉圣僧了……"

八戒一听这话,顿时偃旗息鼓,有些垂头丧气。

"好了好了,猪长老,你看,太阳正好要下山了,猪长老要不陪我看看夕阳吧！就算我喜欢你风趣幽默，那也得慢慢培养感情，不能上来就……"朱黄翠有意不把话说完。

八戒立刻说："好啊好啊！"

八戒就和朱黄翠一起站在天台上看夕阳。朱黄翠忍着八戒左一句妹妹，右一句妹妹，以及各种半荤不素、自认幽默的俏皮话，不着痕迹地打听着取经团队里的情况，时不时还要移动一下身体，跟越靠越近的八戒保持距离。

太阳慢慢下山了，只有一些余晖还在天边，八戒突兀地问道："那个，我们培养好了吗？"

"什么？"朱黄翠没有反应过来。

"你不是说先培养感情吗，这都半天了，我就想问问，培养好了吗？不是我着急啊，主要是快到晚饭时间了……"八戒说。

朱黄翠一阵无语，她盯着八戒看了又看，确定对方不是在展示他那古怪的幽默感，于是她实在没忍住，说："你家培养感情这么快的啊？"

八戒想了想，说："我这辈子投的猪胎，看对眼了就上呗。你说公猪母猪配种，培养啥感情啊……"

朱黄翠一下被噎住了，都不知道该怎么接了，想翻脸又不敢，过了好一会儿，才说："再培养培养呗，我也努力努力，今天实在是太快了……"

八戒点点头，说："哎，那也行，强扭的瓜不甜嘛。不过不是我催你啊，我师兄弟都急着走，今晚还要开会跟师父摊牌呢，要是我走了，你就没机会跟我培养感情了！"

"摊牌？摊什么牌？你们要走？"朱黄翠问。

"就算摊牌，短期内应该也不会走，妹妹你放心，我们还是有机会的！"

"为什么短期内不会走？"

"师父铁了心要帮你们解决那个事呗。一般师父铁了心要做的事,大师兄都会同意的,所以短期内走不掉。不过要是发生了影响到取经的事就说不准了。"

朱黄翠想了想,说:"那你把手机号给我,有机会我就约你培养感情,可以吗?"

"哎,那敢情好!"八戒顿时眉开眼笑,跟朱黄翠交换了手机号码,还加了微信。

朱黄翠看到八戒的微信名——"忧郁的情场浪子",又是一阵无语。

朱粉蕊好不容易找到了悟空,而且悟空正好在抽烟,只不过跟以前一样蹲在高处——一棵很高的梧桐树的树枝上。

"大圣!大圣!"朱粉蕊对着悟空喊了几声。悟空低头看了她一眼,没吱声,顺手弹了弹手上的烟灰,烟灰随风飘下,差点迷了朱粉蕊的眼睛。但朱粉蕊毫不气馁,毕竟自己可刚从姐姐那里拿了几包一百块的金东江,那可不是白拿的。于是朱粉蕊继续喊道:"大圣!你在抽烟啊,我这边有好烟!一起抽吗?"她一边喊,一边还把手上那包金东江献宝似的对着悟空挥了挥,然而悟空只用看傻子一般的眼神看了她一眼,不再理她了。

朱粉蕊说:"我现在就上去!"

接着她就开始爬那棵很高的梧桐树。说实话,她没想到这棵树这么难爬——下面近三人高的一段树干上没有任何枝丫,树干又粗壮,两只手都抱不过来。朱粉蕊徒劳地抱住树干,试着往上蹭了几下,然后抬头绝望地看着上面。梧桐树的花快要开完了,还有几朵留在树上,散发着淡淡的幽香。阳光照透层层叠叠的树叶,只在高处悟空的身上留下轻轻摇动的圆形光斑。悟空早就不看她了,眺望着远处不知道什么地方,手上那根香烟已经烧了一半,白色的烟雾轻轻地、妖娆地在空气中扭动着,然后慢慢飘散了。

朱粉蕊一发狠，用妖力在手上逼出了蛛丝，借着蛛丝的黏性将手贴在树干上，然后把全身力气用在胳膊上，一点一点地往上爬。她先用右手放出蛛丝，粘住树干，把身体固定住，再把左手向上伸到最长，同样放出蛛丝粘住树干，然后用妖力切断右手的蛛丝，再重复刚刚的动作。她的两条腿徒劳地在粗糙的树干上划拉着，疙疙瘩瘩的树皮把她的粉色纱裙都磨破了。朱粉蕊第一次后悔没有像姐姐们那样努力修炼。姐姐们都很强大，可是做到现在这样已经是她的极限了。

朱粉蕊一边奋力往上爬，一边不时抬头看看悟空手上那根该死的烟——那根烟快要抽完了。如果悟空不抽了，直接把烟扔掉，然后拍拍屁股走人了，那自己可真是欲哭无泪了。还好，悟空并没有走，只是蹲在那里发呆，看着远处不知在想什么。他黑乎乎的身影就好像雕像一样，一动不动。

朱粉蕊感觉自己至少爬了半个小时，总算爬到了悟空对面。她甩了甩头，把跑到前面来的头发甩到脑后，把手上残余的蛛丝搓掉，又用手背擦了把额头上的汗，对着悟空嘿嘿一笑，说："大圣，抽烟呢？"

悟空只是转过眼珠瞥了朱粉蕊一眼。朱粉蕊带着讨好的笑，从七分牛仔裤的屁股口袋里掏出金东江，然后弹出来一根递给悟空，说："大圣，金东江，一根都要五块钱呢。"

悟空冷冷地看了朱粉蕊一眼，没说话，但伸手接过了烟，然后随手夹到了耳朵上。

朱粉蕊的目光随着递过去的香烟移到了悟空的手上，然后她又看了看悟空的另一只手，好奇地问："大圣，你上次戴的粉色戒指呢？你不会上次收起来后就没拿出来过吧？你还真小气！放心好了，我不会抢你戒指的！"

说着，朱粉蕊就伸手想去拍悟空的肩，但悟空冷冷地看着朱粉蕊，朱粉蕊的手就没敢拍下去。她有些尴尬地在空中晃了下手，然后假装抓头发,把本来已经有些乱的长发抓得更乱了。朱粉蕊觉得奇怪,今天的悟空和上次那个戴粉色戒指的悟空似乎很不一样,上次悟空虽然也很冷漠,但多少还关心自己,还考核自己功课来着。但今天他彻底无视了自己,甚至老用看傻子的眼神看自己。

悟空把手上的烟放在嘴里抽了最后一口,顺手把烟头扔到了树下,然后跟朱粉蕊说:"抽好了,先走了,谢谢你的烟!"接着呼的一下就从树上跳了下去,就这样走掉了!

朱粉蕊蹲在树上沮丧得要死,觉得自己真的成了个送烟的。

她无意间看了眼树下,惊呼道:"靠!这么高!"然后她赶紧在左手上逼出一些蛛丝,把自己牢牢地粘在树上,这才放心了一些。她郁闷地从右手捏着的烟盒里抖出来一根烟叼在嘴上,然后想把烟盒塞进口袋,这时才发现自己是蹲着的。她的左手已经粘在树上,没法站起来,只好把屁股撅起来,半弯着腰,费力地把金东江塞进了屁股口袋里。然后她又去前面的裤子口袋里摸打火机,摸了几下都没摸到。她正郁闷自己是不是又忘了带火机时,从裤子口袋外面摸到了硬硬的打火机的轮廓——原来在口袋最里面。于是她又费力地弯起腰,斜着绷直一条腿,把手伸到裤子口袋的最里面摸出了塑料打火机。

朱粉蕊叹了口气,费力地重新蹲好,按下了打火机的按钮。这种一次性的塑料打火机质量很不好,按钮不太容易按下去,就算按下去也不是一次就能打着。朱粉蕊按了四五次,手一滑,打火机居然掉了下去,在身下的树枝上弹了一下,然后消失在了树叶间。

朱粉蕊一只手粘在树干上,另一只手还保持着拿打火机的姿势,嘴里叼着一根没有点着的香烟,眼巴巴地看着树下。她越想越憋屈,气得大叫了好几声,然后不知道为什么,她忍不住哭了,不知道是被自己气的,还是因为彻底被悟空无视了觉得委屈。但是悟空无视她不是很正常的事吗？朱粉蕊搞不清自己的想法，只是一边哭着，一边用蛛网缓缓地爬下树。

而这时，悟空已经回到柳新院，坐在饭桌前开始吃晚饭了。

第十五章

三藏的佛法

柳新院的这顿晚饭，难得的一片沉默。

每次的话题担当八戒还没到，三藏秉持着"食不语"的训诫，小白龙、沙僧和悟空心里都有事，所以也都沉默不语，饭桌上除了碗筷碰撞声，就只有咀嚼声。山神老头见餐桌上气氛如此凝重，像小媳妇一样缩着脖子在边上蹭饭，生怕被其他人注意到。

等到八戒姗姗来迟，饭桌上死气沉沉的气氛已经形成了，加上山神老头不停地给八戒使眼色，八戒也搞不清楚到底什么情况，吓得不敢多嘴。

三藏依然是第一个吃完的，说了句："我吃好了，你们慢慢吃。"然后就把碗筷往饭桌上一放，回房去了。紧接着，悟空和小白龙几乎同时开口道："我也吃好了。"

最后饭桌上只剩下沙僧、八戒和山神老头。

八戒用询问的眼神看了山神老头好几次，山神老头见沙僧仍然板着一张死人脸，也吓得不敢多说话，只是微微摇头。最后这顿饭从沉默开始，到沉默结束。

最后一个吃完的是八戒。八戒刚吃完，正等着小娘来送茶，这时，小白龙站在师父的屋门口喊："二师兄，就等你了。"

"哎哎……"八戒连声答应着，然后站起来，一把从刚走到他身边的小娘手上抢过茶盘，然后抽了张纸擦了擦嘴上的油，慌里慌张地走向师父的房间。

三藏的房间不大，师兄弟四人各自找了张凳子，高高低低地坐下来。

三藏坐在床上,放下手上的《心经》,若有所思地看了徒弟们一眼。

小娘穿花蝴蝶一样进来给大家奉上茶水,三藏拿起放在床头柜上的茶杯抿了一口,然后跟小娘说:"女施主,把水瓶放在房间里吧,贫僧跟徒弟们有些私话要说,就不劳你们进来续水了。"

小娘脆生生地答应了一声。

等到小娘出去后,悟空立刻从耳朵眼里掏出金箍棒,在半空画了一个圈。空中浮现出一个金光灿灿的大圆环,然后落到地面,把大家都圈在里面,最后慢慢消失了。

悟空说:"现在咱们说话外面就听不见了。"

三藏点了点头,又喝了一口茶,接着场面就安静下来。

沉默了一会儿,小白龙终于忍不住说:"师父,我们在濯垢泉也快耽误一个月了,虽说取经不是一天两天的事,但这样耽误一个月也太……"

用"偷懒"或其他谴责的词都不太合适,小白龙一时也想不到该怎么表达自己的意思,于是换了话题。

"而且所有的事情千头万绪,一件又一件,就目前事态发展来看,还不知要耽误多久。今天上午大师兄还开玩笑说我们要在这里过年了。师父,这样下去我们什么时候才能取到经啊?"

悟空飞快地看了小白龙一眼,三藏也看了小白龙一眼,然后又意味深长地看了其他徒弟一眼,突然说道:"你们就这么想取经吗?这一遍又一遍的,你们还没取够吗?"

三藏的话一说完,房间里瞬间安静得连一根针落地都能听见,四个徒弟惊愕地看着三藏。

三藏叹了口气,说:"我之所以在这里不肯走,是因为在这个地方,我一点点地想起了过去的事。一开始我还想不通,你们为什么不把这些事都告诉我,后来我慢慢想通了,你们只是想赶紧完成取经这件事,然后赶紧回到以前修得正果的日子而已……"

悟空咳嗽了一下，然后声音干涩地问："师父，你已经全都想起来了吗？"

"绝大部分。"

"那师父你肯定已经想起来，你是因为跟佛祖有分歧才带着我们又重走取经路的。可我们就是向佛祖取经，你都跟佛祖有了分歧，那还取什么经？"

三藏沉默不语。

小白龙说："第一次取经时我们的目标明确，方向明确！可现在，师父您跟佛祖有分歧，我们连分歧是什么都不知道，更别提前方是不是真的有那么一个目标……师父，您到底要带我们去哪里？"

"所以你们就想瞒着我，按照第一次的方式再取一次经，再恢复到以前的样子，然后我们的取经之路就算完成了？"三藏问道。

四个徒弟都低下头不说话。

"我忘记过去是你们做的手脚吗？"三藏问。

"不！"沙僧猛地抬起头大声说道，"师父，您不知道，其实取经之路凶险异常。我们几个还好，但您是肉体凡胎，稍不注意就死了。您已经死了很多次，每次您去世后，我们只能等您转世，等您长大，然后我们再把您带到上一次旅程中断的地方重新开始！您每次投胎后，除了取经的这个信念，其他的什么都不记得了。"

三藏点点头，看了看自己的四个徒弟，突然苦笑起来，说："还真是辛苦你们了。"

"师父，既然您现在已经知道了，那我们就赶紧走吧。您先帮我们把取经搞定了，之后再有什么事您自己跟佛祖谈，那时候佛祖总不能再扯上我们吧！"想到这次取经过程中的艰险，小白龙实在压抑不住内心的愤懑。

"你们都是这么想的？"三藏看着另外三个徒弟问。

依旧是沉默。

"嗯，你们当然是这么想的，不然怎么会瞒着我……"三藏叹了口气。

"佛祖怎么可能会错呢？重新取经无非就是惩罚而已。师父，您不记得跟佛祖的分歧最好，我们再走一次取经路，就当我们陪您吃二茬苦受二茬罪了。就算现在您记得了，等到了大雷音寺，您好好跟佛祖赔个不是，我想佛祖他老人家也不会再难为您。"八戒腆眉耷眼地说。

三藏长长地叹了一口气，失望地看着自己的四个徒弟，然后问道："你们就这么满意我们第一次取经后获得的成果？"

师兄弟四个相互看了看，没说话。

"悟空，你是斗战胜佛，你告诉我，你成了正果后，又斗过几次，胜过几次？你又是跟谁斗，跟谁战，为了什么而战？"

悟空的眼神有点茫然，然后他说："师父，我这个斗战胜佛是'斗烦恼，破我执'，是和'我要、我想、我厌、我畏'战斗，并不是和具体的什么人斗……"

"那你为什么不回去做一块石头？！"三藏情绪有些激动，"无知无觉，无喜无悲，更不会有什么'我要、我想、我厌、我畏'！"

悟空张了张嘴，居然一时不知如何反驳。

"还有你八戒！"

"师父，我，我挺好的……您别看佛祖只给我个'净坛使者'，但我去了之后才知道，佛祖他老人家真贴心，信众们给他老人家的贡品特别多，我怎么吃都吃不完。"八戒憨憨地笑着说。

"你这是投了猪胎后吃泔水吃上瘾了？"三藏难掩心中的愤怒，罕见地无比刻薄地说道。

"师父，您这话是什么意思？"这话实在难听，就算是师父说的，八戒也急眼了。

"难道我说错了吗？这就是你想要的？你曾是天蓬元帅啊！你内心真正想要的就是做个吃泔水的净坛使者？"

八戒也语塞了。

三藏又看了看沙僧，叹了口气说："悟净，你尽管成了金身罗汉，但其实你并没有开悟。"

"是的，师父！"沙僧说，他并没有表现出什么情绪上的变化，因为事实就是这样的。

三藏又看着小白龙，然后说道："敖烈，你的梦想是重振龙族，我一直都知道。但最后，你成的正果不过是八部天龙广力菩萨，天天盘在一根柱子上……"

小白龙猛吸了一口气，想争辩说自己成了广力菩萨，家族也因此傍上了佛祖，然后怎样怎样……但他越想越觉得心虚，仔细想想，三藏说的确实就是事实。

"你们误我啊！"三藏叹息着说，"居然耽误了这么久！"

三藏紧紧捏着拳头，痛心地看着自己的徒弟们。

"我确实和佛祖有了分歧，但重走取经路并不是佛祖对我的惩罚，佛祖只是给了我一个机会，让我去求证我的佛法。佛祖跟我坦白过，这条路是对是错他也不知道！以前我们是去佛祖那里寻找现成的答案，现在是佛祖给了机会，让我去寻找自己的答案，而你们也可以借此次机会寻找你们自己的答案！可是你们竟然因为自己的狭隘耽误了我这么多年！"

四个徒弟都惊讶地看着三藏。

三藏又长长地叹了口气说："如果你们满足于第一次取经的成果，那么你们现在就可以走了，直接去大雷音寺吧。不想用神通，买张机票也行，佛祖肯定会把第一次取经的正果还给你们的。我就算自己一个人也要去取我的经！"

"我愿意跟随师父左右。" 沙僧说。

悟空、八戒和小白龙相互看了看,然后悟空问道:"师父,您和佛祖的分歧到底是什么?"

三藏看着他们,然后掷地有声地说:"佛祖认为众生皆苦,所以需解脱,而我认为众生皆苦,但是值得!"

说到这里,三藏的眼睛里闪着熠熠的光彩。

第十六章

杠精

濯垢泉每天最早起来的是小厨房的帮工们,他们四点多就得起床,洗漱后,五点准时到小厨房开始准备早餐。

在小厨房里忙活的大部分是厨娘,有几个用提前调好的馅和发好的面包了包子、馄饨,然后放到大蒸笼上热气腾腾地蒸起来。时值夏天,厨娘们都汗流浃背,大电风扇呼呼地吹也没多大用。和大厨房相比,小厨房真的非常简陋。大厨房的厨师一般也不怎么到小厨房来,顶多前一天晚上帮他们调一些馅料。

其实大厨房也做早餐,但只做客人和娘娘的,除了客人和娘娘之外,几乎所有工作人员的一日三餐都是从小厨房里出来的。

有一年,一位客人一大早在濯垢泉里瞎逛,无意中逛到了小厨房。他一边惊讶于这里的简陋,一边也惊叹于这里热火朝天的气氛,最后非要坐下来和帮工们一起吃早餐,吃完后赞不绝口,说比大厨房提供的早餐多了很多烟火气。

此后连续四五天,这位客人都没有吃大厨房出品的早餐,而是每天一大早贼兮兮地溜到小厨房来吃油条、酸粉、大肉包、酸辣汤、撒汤、蒸饺,以及各种粗糙便宜但量大管饱、油水又足的东西,还和帮工们称兄道弟,对着厨娘们"姐姐""妹妹"叫个不停。他院里的小娘连续几天发现早餐动都没动,以为不合这位客人的胃口,吓了个半死。

后来,这位客人走了很久之后,这些帮工才知道,原来那是一位正儿八经的大人物。他从底层起家,养成了一副习惯市井味道的肠胃。这件事让帮工们津津乐道了许久。

然而，这种小小的传奇在小厨房也就只有这么一次。大部分时候，小厨房都是一个烟火气十足又无比平凡的地方，似乎和住进濯垢泉的其他地方是完全不同的两个世界。

四婶把一笼小笼包端到小二子面前，疼爱地摸了摸小二子的头，然后跟小二子说："吃吧吃吧，我们在这里工作，这些东西都免费，天天吃，你难得来一次，想吃多少都行！这个小笼包的馅儿啊，据说可是美食家先生亲自研究的配方。"

小二子点点头，喝了一口手上的冬瓜细粉汤，然后夹起了一个小笼包。

四婶从桌子上拿起一只小碟，往里面倒了一点醋，跟小二子说："'先开窗后喝汤'，先咬开一个小口，让热气散散，小心烫着。等灌汤凉了后，先把里面的汤吸掉，然后再吃，听见了吗？"

小二子点点头，很快就沉浸在小笼包的美味之中。

四婶先前已经给小二子的父母打了电话，让小二子住在濯垢泉等姐姐的消息。

连续吃了两三个包子后，小二子慢下来了，把筷子举在半空中，问道："四婶，你说小八老师和那位沙长老什么时候能找到我姐姐呀？等他们找到我姐姐后，能不能让我姐姐也在这里住两天？小笼包我们家以前吃过，但这么好吃的小笼包还没吃过，我想让姐姐也尝尝。"

四婶闻言顿了一下，然后说："应该快了。这都八九天了，我估计啊，这两天也就能找到了。想在这边住两天还不容易吗？我来安排就行，到时我再跟你父母打声招呼。"

"那先谢谢四婶啦！"小二子开心地说，接着又欢快地对付起剩下的几个小笼包来。他没有留意到四婶突然转头，悄悄地、飞快地擦了擦眼睛。

其实就在昨天，小二子口中的"小八老师"就在沙僧的陪同下来找过四婶了,几人谈了很久。

柳新院的住户们也在吃早饭。

昨晚三藏和徒弟们解释了此次取经的渊源后,沙僧立刻表示要追随师父左右,而八戒和悟空都表示要再跟一段时间看看,小白龙则表示要回去和家族的长辈们商量一下。

三藏、悟空、八戒、沙僧和山神老头正吃着饭,住在隔壁院子的小白龙过来了,来了后也不说话,先给三藏磕了三个头。三藏立刻明白了,扶起小白龙说:"如此甚好,如此甚好!"

小白龙有点愧疚,不敢看三藏的眼睛。三藏抓着小白龙的手腕说:"我们每个人的道路都不一样,对你而言,就此离开无异于脱离苦海,可喜可贺!你的几个师兄也总有一天要离开我,走上自己的道路,届时我可能也会有自己的路要走。只要是自己想要的又适合自己的路,就都是最好的选择,可喜可贺!"

三藏发自内心的欢喜透过眼神传递出来,小白龙见三藏并没有因此生气,一颗心总算放下来了。

"师弟,你想就这么走了,师父答应,我可不答应……"八戒在边上突然甩着大耳朵,笑嘻嘻地说。

众人都疑惑地看向八戒,三藏见八戒的表情像开玩笑,也就没有阻拦。八戒继续说:"师父脚力那么慢,你走了谁来驮他啊?以前你在队伍里,有些话我不太好说——现在谁还骑马呀,都是开汽车,载的人多还有空调。你在队伍里早就没多大用处了,尸什么素什么的……"

八戒想说"尸位素餐",但他的文化知识水平实在够呛。

"现在你要走了,那正好,赞助我们一辆越野车呗,你们家那么有钱,不差这一辆车的钱,我们可以当你还在队伍里。对了,车子要大……如果你还念着我们一些好的话,我觉得越野车就别搞了,有一种越野的房车,什么路都能开,里面还有床、厕所、厨房,后面还能挂一辆摩托……"

八戒正甩着耳朵口若悬河,三藏气得大吼一声:"八戒闭嘴!"八戒不敢说话了,抓起桌子上的一个菜包子,一口塞到嘴里,吧唧着嘴吃起来。

"师父,其实我也正想说这件事呢。我昨天已经跟长辈们说过了,他们确实想送一辆越野车过来,后面我不在,总要有一个代步的工具,这也不算什么违规。而且您也说了,您这一次取的是自己的经,就算有规矩也应该是由您自己来定。另外长辈们说,他们想支援一些费用,以后吃饭、住店这类必不可少的钱由我们龙族来支付,长辈们说也是想结个善缘,所以这笔钱师父你不要拒绝。"

八戒含着菜包子大喊道:"我果然没看错你啊,够兄弟!"

对面的沙僧被喷得一脸包子碎屑,从抽纸盒里抽了张纸擦着被气得蓝里泛红的脸。

见小白龙一脸真挚,三藏也没好意思立刻拒绝,只说了句:"再说吧。"

"师弟,快坐下来跟我们一起吃早饭吧。"沙僧一边擦脸一边说。

"哎!"小白龙答应了一声,然后找了个位置坐下来。

山神老头在边上眨巴着眼睛,怯生生地问八戒:"白龙公子要走了?"

"嗯呢。"八戒没工夫搭理山神老头,就随口敷衍了一下。

悟空没说话,但嘴角边也带着一点笑意。

"师父啊,我跟你说,昨天晚上我第一次失眠了,一直在想……"八戒又说。

"昨晚你的呼噜声震天响,你会失眠?你什么时候失眠的?"悟空毫不留情地打断八戒。

"哎,大师兄,你不能这样说,我昨天确实失眠了,我失眠

- 165 -

了好一会儿,但我后面又睡着了,又不是失眠一整夜。"

"九点多钟我们从师父房里出来,十点半左右我就听见你房间里面打呼噜了,你这叫失眠?"

"我这当然是失眠了。平时我头一沾枕头就能睡着,昨天失眠了半个多小时呢。"八戒理所当然地说。

"好了好了。你昨天一直在想什么呢?"三藏今天也不管食不语的训诫了,问八戒道。

"我在想,师父你为什么一开始不告诉我们……"说到这里,八戒突然瞥了一眼山神老头,没继续说下去。

三藏叹了口气,说:"其实我一开始心里面也比较忐忑,我不知道跟你们说了后,你们还会不会跟我一起走。那时我还没有一个人出发的勇气,也没有想透,所以就迟疑了一下。然而我没想到我那么快就死了,后面就什么都想不起来了。"

山神老头眨巴着眼睛,感觉自己似乎听到了什么了不得的事情,努力地在心里勾勒着整件事情的真相,但怎么想都想不明白,他也不好意思开口问。

"什么时候走?"悟空问小白龙。

"今天晚上,长辈们会安排人过来接我。"

"这么快!"八戒说。

"嗯,长辈们昨晚就托菩萨问过了,我回去后可以恢复原来的身份。"

"师弟啊,你可不要后悔啊。马上我们就有车了,又有钱,现在基础设施这么好,到处都有马路,到处都有旅馆,后面估计就跟旅游一样了。前面过了这么久的苦日子,马上好日子就来了,你现在要回去,你想想,是不是亏得慌。"八戒说。

"前面已经攒下了很多事没做,我急着回去把它们全部做完。"小白龙说,"毕竟我不是一个人,放下那些事情去游山玩水是行不通的。对了,师父,你既然已经想起来了,那么能走就尽快走吧,我还是觉得濯垢泉这里有危险。"

三藏点点头,说:"我会考虑的。"

正说着,悟空的手机响了,是大先生,叫他中午去关阿娇的院子见面,说两只兔子有新发现了。

悟空挂了电话,沙僧脸色阴沉地问:"大师兄,是那个什么大先生吧?"

悟空点了点头,说:"他约我中午去阿娇那里,似乎有进展了。"

"大师兄,你们约的几点?我也想去看看。"小白龙在一边说。

"十二点半。"悟空说。

花石桥镇,两条小蛇妖巴子和铁子正蹲在街边观察着路过的行人。

巴子突然站了起来,对着街角走过来的一位穿着绿衣服的老头点头哈腰地说:"哎呀,老神仙,您怎么来了?"

这老头正是山神老头。巴子和铁子一直喊山神老头"老人家",可自从老头给了他俩一份工作,他们就不要脸地把称呼改成了"老神仙"。

山神老头被他们这么一喊,不由自主地端起了架子,摆出一副慈祥的笑容说:"今天呢,我就是来问问你们,这两天街面上的情况怎么样?"

"老神仙,您要问我们什么事直接微信上吩咐就是了,还需要亲自跑一趟吗?"铁子也不甘示弱,赶紧狗腿似的过来拍马屁。

"唉,这几天我住在濯垢泉,每天就是吃了睡,睡了吃,我那个大别墅也有工头在管,不用我操心。我这是静极思动,出来走走。"

"老神仙,您这几天都住在濯垢泉呀?哎呀,那地方我们进都没进去过,据说特别漂亮,里面的小娘也特别美,住一晚上要好多钱呢。"巴子说。

山神老头立刻发出一阵爽朗的大笑:"哈哈哈哈……住一晚多少钱我还真不知道,我老人家住那里还要给钱吗?我要给,那几个小丫头片子也不敢收呀。"

巴子和铁子眼睛里立刻放出无限崇拜的光来。

"老神仙,有机会一定要带我们去濯垢泉开开眼啊……"巴子说。

"好说,好说……"山神老头咳嗽了两声,"嗯,我们还是说正事。这两天情况怎么样?"

巴子和铁子也立刻严肃起来,巴子说:"我们按老神仙的指示,每天都在固定的时间计算马路上的人流量。嗯,不知道为什么,最近三天人流量突然增加了很多,估计比以前多一倍还不止,而且我们发现了不少新来的大妖呢。"

"大前天我们还看到一只帝江,在酒楼喝酒不给钱,被小二打出来了。"铁子说。

"哦,帝江啊……"山神老头顿时就陷入了沉思。然后他跟铁子和巴子说,"你们继续在这里帮我盯着,我再到其他地方看看。"

说完,山神老头就大摇大摆地沿着街道慢慢走远了。

巴子和铁子又靠着墙蹲在地上,一边数着街上走过的人或者妖,一边低声交谈。

巴子说:"群主到底雇了多少人呀?我看群里做这事的还有六七组。"

铁子说:"你管他呢,我们只要把我们的事做好,把钱拿到手不就行了吗?"

巴子说:"我觉得不太对,群主雇这么多小妖盯着镇子,我觉得应该是有什么大事发生。"

铁子说:"就算有大事发生跟我们也没关系啊,我们只要每天有钱吃肉，干吗还管那么多？就算有大事，一来轮不到我们管，二来也不会针对我们，就算有牵扯，到时我们跑路不就行了。"

巴子说："哎，说得也是。"

大先生、悟空和小白龙来到关押阿娇的院子时，发现阿娇的院子又发生了变化，透过院门就能看见院子里搭了一个巨大的棚子，棚子下堆了不少机器。

狮王萎靡不振地坐在院门口的椅子上打盹。

"狮王，你怎么啦？"大先生一边搓着手里的核桃，一边问狮王。

狮王有气无力地睁开眼睛，费力地抬起手臂指了指里面："今天一大早，两只死兔子就把我喊过来，几乎把老子身上的妖力全部抽光了，你别跟我说话，我累死了。"

大先生仔细一看，狮王顶着两个大大的黑眼圈。

"我来说说他们，哪儿能这样子搞？！你累成这样对身体也不好，而且万一有什么危险，你出不了手，他们不是自己找死吗？"大先生不满地说。

狮王耸了耸肩，没理大先生，又睡了过去。

悟空嘴里叼着烟跟在大先生身后用火眼金睛扫了扫，发现狮王的妖力几乎耗尽了。

小白龙看看狮王，又看看院子，他还不知道盘丝洞里有那种能吸收妖力的物质，心里震惊不已。

进了院子，大先生喊了半天，两只兔子才极其不满地从机器堆里伸出头来。

"你怎么又来了？烦死了！你找我们什么事啊？"单耳兔说。

大先生也有些郁闷，都没敢提狮王的事，带着点委屈地说："你们不是约我十二点半来吗？你们看看现在几点了？"

单耳兔恍然大悟，对着另一边的机器堆喊："卯甲，卯甲！

手上的事停一下，十二点半了，我们赶紧把老大的事情先弄完。"

大先生撇了撇嘴，心想：你们还知道老子是老大！

双耳兔从另一边的机器堆里探出头，不满地抖了几下耳朵，没吱声。

两只兔子头上都戴着护目镜，手上还戴着白手套，这时一边摘眼镜、脱手套，一边从机器堆里左绕右绕地出来。出来后，他们也没让大先生、悟空和小白龙进屋坐，站在外面就直接开始说。

"我们时间比较紧啊，长话短说。"单耳兔说。

"今天早晨，我们已经搞清楚那个女的舌头上的妖怪到底是什么了。"双耳兔说，"多亏了我们几年前对所有妖怪的妖力做过一张图谱。"

"我给你们科普一下啊，"单耳兔在一边解释道，"妖力，其实是一种能量波，不同的妖怪发出来的妖力波形状是不一样的。"

"只要嗅探到妖怪发出来的妖力波，和我们的图谱一对比，我们就知道对方到底是什么妖怪。本来这件事一分钟就能搞完，但是呢，这个长在舌头上的妖怪确实是有点奇怪。"双耳兔用爪子摸着下巴说。

"我们差不多比对了所有的妖怪，发现妖力波几乎都不一样。后来还是我发现了这个妖怪的妖力波和人发出来的妖力波在一些特征上有些相似。"单耳兔沾沾自喜地说道。

"人也能发出妖力？"小白龙在一边惊讶地问道。

"当然了，人妖嘛！"双耳兔说。

"不是人妖！"单耳兔在边上纠正道，"人妖是指有一种人类，本来是男的，后来变成了女的！"

"人类还有这种修炼方法？"双耳兔有点惊讶，"这种修炼方法有什么好处吗？"

"那不是修炼办法，他们只是把这种人叫作'人妖'。"单耳兔解释道。

"那最多只能叫'变性人',或者'改变性别的人'啊,怎么能叫作妖呢?又不修炼,又没有妖力!"双耳兔极其不满地说。

"谁知道啊,反正人类都是一种很奇怪的生物,他们就是叫这种人'人妖'。"单耳兔转过头来对悟空三人解释道,"怎么讲呢,这种能发出妖力波的人就是那些经常要降妖除魔的,什么道士、和尚之类的,这次发现的波形很像他们发出来的那种能量波。"

"那不是妖力,人类叫那种力量,有的叫神力,有的叫元力,还有的人叫法力!"小白龙忍不住纠正道。

"哎,人类的妖力和妖怪的妖力确实有很多不同,但这不重要,反正对我们来讲都是能量波的不同表现形式。当然,你们这些普通妖怪,肯定理解不了,给力量起各种名字也正常!"单耳兔说。

悟空和小白龙都不由自主地挑了挑眉。

"那如果是人类的力量的话,那个……"大先生一时间不知道该怎么称呼阿娇舌头上的那个东西了,"那个……怎么会是那种样子的呢?还长在舌头上面,一看就是个寄生的妖怪嘛。"

双耳兔解释道:"是啊,我不是说了吗,它和人类发出的那种妖力……"双耳兔顿了一下说,"就是那种力量波,还是有区别的。我们经过对比后发现,这种能量波应该是从人类的灵魂里发出来的。"

"从人类的灵魂发出来的?"悟空、大先生和小白龙异口同声地问道。

"其实这么讲也不对,因为不是完整的灵魂,而是一个个的灵魂碎片;而且是很多很多的灵魂碎片凝聚起来然后发出的妖力。"单耳兔在一边补充道。

"这些灵魂碎片有一个共同点——它们都是灵魂里一些特别负面的、特别黑暗的部分,最后形成了这个东西。如果非要按你们的划分方法，人类的是法力，妖怪的是妖力，那这个应该介于你们说的法力和妖力之间。"双耳兔说。

"这也是大圣爷爷的火眼金睛看不出来的原因，因为它的力量无限接近于法力，只有一点点妖力的特征。"单耳兔补充道。

悟空、大先生和小白龙相互看了一眼。小白龙决定不开口了，这两只兔子似乎对他意见很大。悟空开口问："这东西是怎么形成的？难道是附近有大法力者把自己灵魂里的黑暗面分离出来了？"

两只兔子连连摇头，然后双耳兔说："我们也想到过这种成因，但是那些灵魂碎片太碎了，而且数量非常庞大。我们初步估算，至少是十万个灵魂残留下来的碎片。如果有那么多大法力者，人类就要上天啦！"

单耳兔抖了抖自己的一只耳，然后说："我们高度怀疑老鼠洞里有专门吃人类灵魂的妖怪。当他吃了人类灵魂后，人类灵魂里的一些特别顽固的成分，比如不甘啊、妒忌啊、仇恨啊、愤怒啊、痛苦啊……这些东西它可能消化不掉，因此又排出来了。这些东西就凝结成了一整块，而因为这块东西难以消散于天地间，时间一长，可能又遇到了帝流浆，所以就化成了妖。"

此时大先生脱口而出："这是屎成了精啊！"

单耳兔和双耳兔一听都愣了一下，然后单耳兔说："哎，大先生，你这个形容很贴切，就是屎成了精！但是'屎精'这个名字实在是太不好听了！"

双耳兔接过话头："所以我们给它起了个名字，因为它老喜欢抬杠，所以我们叫它'杠精'。"

第十七章

嫁梦

大先生的温泉浴场配套的五星级酒店四层，有间大约两百平方米的房间，被布置成了超大型豪华厨房。厨房外面还有一个面积一百五十平方米的露台，被布置成了一个小花园——这里是美食家先生的菜品研发室。

下午四五点，小花园遮阳棚下的小吧台旁，美食家悠闲地坐在一张高脚吧椅上，面前的吧台上放着一碟盐烤白果、一碟盐烤腰果、一碟加了特殊香料的盐水毛豆，旁边立着一个不锈钢冰桶，里面插着一瓶冰镇吟酿清酒。

美食家先生捏起一颗盐水毛豆放到嘴里，吮吸出里面的豆子，把豆荚放在吧台上，吧台上已经堆了一小堆豆荚。他在白色的餐布上擦了擦手指，端起清酒杯喝了一小口。清酒的花果香混合着毛豆的清香在口腔里扩散。尽管香味丰富，但在美食家的精心搭配下，各种香味层次分明，绝不会混作一团。

稍远一些的吧台上，摆着八个很大的白盘子，里面的食材不知道是什么，颜色鲜艳夺目，摆盘也非常考究。

露台下是六七眼造型各异的小露天温泉，每眼温泉也就能泡三四个人。七八个身材妖娆的美女穿着三点式泳衣，有的泡在温泉里，有的躺在躺椅上。从楼上看下去，十分赏心悦目。

美食家先生又吃了一颗毛豆，细细咀嚼着——用相对平常的东西来搭配出不平常的味道，这是美食家的嗜好之一。他正沉迷于食物的味道时，一抬头瞧见露台边缘站着一个中年道人，笑眯眯地看着自己。

中年道人身材高大，肤色微黑，目若朗星。他一身黑色道袍，腰上系着一条明黄的腰带，头上戴着一顶鲜红似血的道冠，手拿一柄胜雪的白色拂尘。

"魔君大人，您终于来了，这边请！"美食家赶紧站起来，指着吧台对面的椅子，微笑着说。

"什么叫终于来了，我可没迟到。"魔君笑眯眯地说。他一甩拂尘，轻松地走过来。"今天怎么想起叫我来试菜呀？我记得上次叫我试菜还是三四年前了吧？"

美食家也笑了笑，说："没有好东西哪敢劳魔君大驾。也就是这两天偶然得到了一个做菜的思路，小试一把。特意邀请魔君来帮我尝尝。"

魔君走到吧台对面坐下，随手把那柄拂尘放在吧台上，看了一眼那八个大盘子，说："就是这几道菜？"

"魔君大人慧眼如炬。"美食家又拍了一记马屁。

魔君笑了一下，说："你叫我来，总不能让我尝毛豆、白果吧？"

美食家也笑了，他也觉得自己马屁拍得没水准，但没办法，谁让他在魔君面前紧张呢。

"这几道菜叫什么名字啊？我来猜猜你做这些菜的思路。"魔君说。

"这边四道菜分别叫离愁、思念、萧瑟、辛酸，而这边四道菜叫喜悦、怡然、奋发、舒畅。"

魔君立刻就明白了这几道菜的奥妙所在，于是抬头欣赏地看了一眼美食家。

"都是用什么食材做的？"魔君问。

"这几道菜，用什么食材并不重要。"美食家说。

魔君点点头，说："嗯，确实，以情绪入菜，以你的水准，一定是吃到这些菜就能体会到这些复杂的情绪。既然这样，那每道菜的重点就不是用什么做的,或者滋味如何,而是能不能体现这些情绪,以及体现得准确不准确!"

美食家先生连连点头,然后一指这八道菜,说:"请!"

魔君点点头,从筷架上捏起一双镶了红珊瑚的湘妃竹筷,先夹了一块"思念"。菜入嘴后,魔君越嚼越慢,仿佛陷入了沉思。

过了很久,魔君从冰桶里捞出一瓶矿泉水,拧开瓶盖喝了一口,漱了漱口,然后又夹了一块"奋发"。慢慢咀嚼,魔君大人的眼睛愈发明亮,仿佛要夺人心魄,让人不敢直视。

魔君慢慢品尝着八道菜,每道菜也只吃了一筷子,但花的时间竟特别长。四五十分钟后,魔君大人一拍吧台,惊叹道:"美食家先生真的是手艺非凡呀!"

美食家笑呵呵地说:"以魔君大人的品位,自然知道这八道菜还没有彻底完成。刚入口确实滋味十足,但继续吃下去却余味不足,不知魔君大人有没有办法帮我把这几道菜改良一下。"

"你怎么就能肯定我可以改良?"魔君说

"魔君大人善于炼丹制药,这八道菜要再改进肯定就要加入药物,滋味是引子,引发情绪,但要想余味足,肯定得用药物。所以我想,魔君大人肯定有办法。"

魔君大笑,往吧台里面扫了一眼,接着站起来走进工作室,边走边问:"你这里做日料的器具都在哪儿呀?"

美食家说:"左边那个最高的橱柜里面全部是做日料的家伙。"

魔君在那儿没花多长时间就找到了自己想要的东西。回到吧台,美食家一看,魔君拿了一块平时用来擦山葵根的鲨鱼皮擦板。

魔君用矿泉水洗了洗鲨鱼皮擦板,用纸巾吸干了水分,然后从袖袋里掏出一颗白色的大蜡丸,捏破白色蜡衣后,露出里面的鹅黄色药丸。魔君捏着这颗鹅黄的药丸在鲨鱼皮擦板上面轻轻摩擦,一会儿就擦出来一小堆药粉。魔君说:"美食家,你用你那道'离愁'来蘸点这个药粉尝尝。"

美食家拿起筷子夹了一块软糯的"离愁",蘸了一点黄色的药粉,放到嘴里细细咀嚼。过了一会儿,美食家的眼角居然慢慢淌出了一滴眼泪,缓缓地流到腮边。

魔君呵呵一笑,然后说:"看来美食家先生有很多东西都放不下呢。"

美食家带着泪也笑了笑,然后伸出手——手居然微微有些颤抖,应该是在努力克制着内心汹涌澎湃的"离愁"!

美食家从抽纸盒抽出一张纸折叠成方块,把眼角的泪水轻轻擦去。叹了口气,慢慢平复了情绪后,美食家说:"我身为一只饕餮,出生后就沉浸在欲望的海洋里,无穷的欲望给了我和族人们无尽的力量,但同时也让我们深陷诅咒。现在,我的族人们都不在了,世间只剩下我这一只饕餮,魔君大人,您猜猜我为什么还能活着?"

魔君摇了摇头。

美食家说:"那是因为我学会了克制!刚才那道'离愁',本来我是能克制住自己的,但加了大人的那些药粉后,我却发现我克制不住了。克制不住,有时不免被人笑……"美食家凝视着魔君亮如朗星的眼睛,"甚至会像我的族人一样,遭到灭顶之灾。"

魔君笑了一下,摇了摇头,不去看美食家的眼睛,而是低头看着自己手上把玩着的那块鲨鱼皮擦板,然后说:"美食家,我的看法跟你不一样。所谓克制,对弱者来说是一种美好的品德,但对强者来讲则是无形的枷锁。你的族人都死了,在你看来是不懂克制,而在我看来,只是因为他们不够强大。美食家,有一句话你要记住了——能力越大,欲望就可以越大!"

魔君猛地抬起头盯着美食家,说:"能力跟不上欲望才会有灭顶之灾!而欲望跟不上能力,就是蠢货!"

美食家眼神有些黯然,嘴角带着一丝尴尬的笑容,低下头,轻轻摇着手上的那一杯清酒。清酒的花果香气一点点散溢到空气中。

"还有其他事吗?"魔君问。

美食家长长地叹了一口气,说:"还有另外七道菜请魔君大人改良。"

魔君说:"那个简单,给我三四天就可以了,三四天后我再来。以后常联系,试菜随时叫我,别再一隔好几年了。"

"对了,魔君大人,您不去见见大圣吗?"美食家突然说。

"他算什么东西,还要我去见他?"魔君不屑地说。

"那您不去见见圣僧吗?"美食家先生说。

魔君罕见地沉默了一会儿,然后说:"那倒是个故人……算了,还是不见了,大家留点念想。"

美食家有些失望,低头去看手上的清酒杯,等他再抬头时,魔君已经不见了踪影。

阿娇舌头上附着的杠精的底细已经查清楚了,接下来要考虑怎么解救阿娇。

朱红衣半个小时后才知道阿娇这里有了进展,她生气于大先生居然没有第一时间通知自己,但也觉得很无奈,毕竟大先生确实办法多,她有求于人,有什么不满也只能忍着。

朱红衣带着朱紫璃匆匆忙忙地赶往关押阿娇的院子,路上碰见了朱蓝滟,三人便一起前往。

"割掉舌头肯定没用。"单耳兔摇头晃脑地说,"这怪物不只是寄生在肉体上,阿娇的灵魂应该也被寄生了。目前我们还能从她身体里检测到一条完整的人类灵魂的波形,应该就是阿娇本人的,她应该还活着,估计被压制住了,在沉睡。"

单耳兔在大堂里从左走到右,又从右走到左,享受着被大家关注的快乐,其中也包括被绑在大堂柱子上、嘴巴被圆环强制张开的阿娇。阿娇的眼睛和舌头上的眼睛也跟着单耳兔左右转动。

"想要救她，也不是没有办法。"双耳兔趁着单耳兔换气的空档，插嘴道，"可以用嫁梦这类法术直接到梦里去把阿娇的灵魂喊醒，然后协助她跟那个杠精争夺身体的控制权，等控制权到手后，再把那个脏了吧唧的杠精从阿娇的灵魂里和舌头上剥离出来。"

"需要多长时间？"大先生问。

"这个不好说，梦境里的时间和外面的时间不一样，有可能几分钟，有可能几个小时，甚至有可能要几天。"单耳兔说。

"有风险吗？"

"当然有风险！阿娇的灵魂现在在沉睡还好，一旦你们开始跟那个杠精争夺控制权，肯定会有危险的。灵魂要是在梦里死了，身体也会死的。"双耳兔说。

"大圣，你看呢？"大先生问悟空。悟空一直没吱声，因为先前两只兔子说老鼠洞里可能有吃灵魂的妖怪时，他似乎抓住了什么重点，但一时又想不明白。

"啊？嫁梦？嫁梦我会啊，要不让我去吧。"悟空被大先生一提醒才反应过来。

"大圣去不太合适吧。"朱红衣在边上阻拦，"濯垢泉还得大圣镇着呢。最近濯垢泉五村一镇来了好多外面的大妖。"朱红衣说着看了一眼大先生。

"嗯，而且梦境世界和现实不一样，梦境里最重要的是想象力和坚定的信念，大圣一身神通，在梦境里是用不出来的。"单耳兔也跟了一句。

"要是妹妹在这里就好了。"双耳兔突然说了一句。

"屁！咱爸能舍得让妹妹做这种事吗？"单耳兔说。

双耳兔抖了抖耳朵，似乎对什么事非常不满，但还是赞同道："也是。"

"要不我去吧。"小白龙说，"嫁梦的法术我也会。万一进去的时间比较长,今晚我长辈们过来后,大师兄你帮我跟他们打个招呼,让他们等我两天。"

"小白脸就是小白脸,看到美女什么都不顾了……"单耳兔跟双耳兔耳语道,不过声音依然大得大家都能听到。

小白龙的脸顿时就黑了。

"我跟白龙公子一起进去吧。"这时朱蓝滟笑眯眯地说,"嫁梦我以前用过的。梦境跟外面很不一样,我有经验。而且就那个世界而言,一个人的风险会很大,但两个人相互提醒,会好很多。"

"哼,到底是小白脸。你看,这女的主动贴上去了,也不知道到底是怎么想的?!"双耳兔跟单耳兔又开始用所有人都听得到的音量耳语。

朱蓝滟似笑非笑地注视着两只兔子。两只兔子不知所措,视线飘忽不定,不敢跟她对视。

朱红衣迟疑了一下,说:"那……一切小心,一切以你和白龙公子的安全为第一。"

悟空也同意之后,小娘和仆役们开始在朱红衣的指挥下准备各种工具。

"等会儿准备好了我来给阿娇麻醉,让她睡过去,然后你们就可以嫁梦了。"单耳兔说。

"不能麻醉吧?"双耳兔在一旁拆台,"做梦是浅睡眠时才出现的,你给她麻醉的话,她很快就进入深睡眠了,还做啥梦!"

单耳兔脸上有点挂不住:"那不麻醉,难道等她正常睡着吗?她正常睡着的话,要是突然醒过来,不是连进去救她的人都会被压制住,在她身体里沉睡吗?"

"我来吧。我还有几只瞌睡虫,没人惊扰的话能让她睡一个月,够了吧?"悟空说。

两只兔子顿时耳朵就抖起来了。

"大圣爷爷,大圣爷爷!等一会儿您也给我几只呗,让我研究研究。"单耳兔说。

"我们以前一直听说有这种东西,但一直没见过。"双耳兔说,"跟在大圣爷爷身边就是长见识啊,不像我们老大,整天拿些垃圾来给我们研究,搞得我们跟捡破烂的似的。"说着,双耳兔瞪了大先生一眼。

朱红衣也用异样的眼神看着大先生。莫名中枪的大先生脸上一阵白一阵青。

见大先生脸色不太好看,单耳兔给大先生解释道:"瞌睡虫可是好东西,它身体里肯定有什么特殊成分,咱们要是能把这些有效成分提取出来,做出世界上最牛的安眠药。你们这些普通妖怪肯定不知道!普通安眠药引起的睡眠和自然睡眠区别很大,副作用也大,有的还会严重影响学习能力和记忆力,更别提可怕的上瘾性和耐药性……但据我们了解,瞌睡虫引发的可是没有任何副作用的自然睡眠!"

说到这里,单耳兔顾不上大先生,激动地回头看向双耳兔,双耳兔也兴奋地连连点头。

"兄弟,我们终于能睡个好觉了!再睡不好我的毛都要掉光了,我都快愁死了。"

"谁说不是呢。"双耳兔眼含热泪。

"行了行了,等我师弟他们进去了,我给你们两只。"悟空实在不想听他们没完没了地抱怨。

三张单人床被搬到了大堂上,阿娇被绑在左边的床上,她的眼睛和舌头上的那对小眼睛一直在惊慌地看来看去。小白龙和朱蓝滟在另外两张床上躺下,小娘把大堂的落地窗窗帘拉了起来,大厅里一片昏暗。悟空从腰带里摸出来一只瞌睡虫,轻轻弹在了阿娇身上,阿娇脸上的眼睛很快就闭上了,而舌头却扭动个不停。过了一会儿,舌头也不动了,舌头上那两只小眼睛也闭上了。

单耳兔和双耳兔凑在阿娇脑袋边看了一会儿,然后轻声对小白龙和朱蓝滟说:"可以了!"

小白龙和朱蓝滟掐了个手诀,施展出嫁梦的法术,然后也闭上眼,准备入睡。

大家都在大堂里,小白龙和朱蓝滟在众目睽睽之下,心理压力不是一般大,闭上眼就是睡不着。等了十分钟,悟空心里急躁,随手给他们也弹了两只瞌睡虫,小白龙和朱蓝滟立刻睡过去了。

两只兔子见他们都睡了,跑过来围在悟空身边,像小孩似的,不停地抖着耳朵,瞪着满含期待的大眼睛,等悟空兑现他的承诺。

悟空叹了口气,又从腰带里面摸出来两只瞌睡虫。单耳兔拿出一个小玻璃管,悟空把两只瞌睡虫弹到了玻璃管里。两只兔子用棉花给玻璃管封了口,然后立刻开始研究起来。

大家在大堂里等了大概一个小时,中间有小娘蹑手蹑脚地进来添了四五遍茶水,睡着的三个人依然毫无动静。

"估计得两三天了。"大先生小声说,"我们留个人值班,其他人都散了吧。"

于是朱红衣留下了两个小娘在里面看着,又在外面留了三个男仆,以防路过的客人大声喧哗。

大堂里安安静静,落针可闻,但在梦境世界,惊心动魄的故事才刚刚开始。

第十八章

远古梦境

天地一片昏黄，大雨如注。

小白龙和朱蓝滟出现在一座小山的半山腰，地面泥泞无比，黄泥浆深及小腿，黏得脚都抬不起来。

小白龙醒来后有些恍惚，不知道自己是在梦境里，还是在现实里，一切都太真实了。冰冷的雨打在脸上有些疼，一点一点地带走身上的热量，响亮的雨声填满了耳朵。按在地上的手上全是泡烂了的黄泥，指缝之间滑腻腻的。

小白龙把自己拔出来后，看见朱蓝滟也倒在黄泥浆里，她的蓝色轻纱已经沾满了黄泥，裹在身上。眼看黄泥浆快要浸没她的口鼻了，小白龙赶紧把她拉起来，她还迷迷糊糊地挣扎了一下，然后就清醒了。

小白龙向朱蓝滟比画了几下，意思是赶紧离开，找个躲雨的地方，朱蓝滟点了点头。雨声太大了，说话声音小一点就听不清，还是直接比画来得方便。

爬起来走了没几步，小白龙就发现自己的一只鞋子不见了。而朱蓝滟更惨，光着脚，身上蓝色轻纱的下摆沾满了成块的泥浆，仿佛一个刚拖过泥巴的拖把。

"不能这样啊！"小白龙大喊，"我带你飞到天上去看看吧。"

朱蓝滟迟疑了一下。在梦境世界里什么都可能发生，不了解情况就直接飞到天上是非常危险的，但现在又实在是太狼狈了，所以朱蓝滟还是点了点头。

小白龙抓住朱蓝滟的手刚准备往天上飞，突然听见一声低沉的吼叫，声音不高，但充满了庞大的力量，小白龙甚至感觉整个世界都因这声低沉的吼叫而震动。

朱蓝滟吓得紧紧抓住小白龙的手，惊恐地四下观望，捏得小白龙的手生疼。

小白龙用另一只手轻轻拍了拍朱蓝滟，往天上一指，只见天空的阴云裂开了一条缝，缝里一节粗大的布满鳞片的身躯在快速地游移。那身躯非常长，小白龙和朱蓝滟看了两三分钟，也没见到那个身躯的尾巴，于是决定放弃，继续打量起四周的环境。

其实小白龙心里的震撼简直无法用语言来表达——他可以肯定那是一条龙！

那么庞大的身躯，那么强大的力量，就算同样身为龙族的小白龙也从来没有见过。

远处突然传来一声叫喊，像是很多人一起爆发出来的。小白龙和朱蓝滟向喊声处看去，视线穿透无数雨幕后，他们看见远处大地上似乎也横着一条土黄色的龙，龙身上似乎爬满了虫子。他们刚看清楚，那条龙突然就开始断裂，洪水汹涌地从它身上的裂痕处喷出来。

很快，那条黄龙就垮塌了——原来是一条长长的水坝。无数的虫子在泥土和洪水里翻滚——这时小白龙才看清，原来那些虫子都是赤着膀子的人。

"快，我们快往上爬！"小白龙对着朱蓝滟喊道，然后他抓着朱蓝滟，深一脚浅一脚地往更高的地方爬去。

天上那条龙是敌是友还不清楚，因此小白龙不敢上天。而他虽然身为龙不怕水，但现在冲过来的洪水混杂着大量的泥土和石块，高速砸过来时还是非常危险的。另外，小白龙还看见那喷薄而出的洪水里混杂着巨龟，以及体型巨大的怪鱼。更重要的是，他身边还带着一个朱蓝滟呢。

小白龙和朱蓝滟几乎是手脚并用地往更高处爬去，爬了一个多小时才找到了安全的地方。那是一个人类的小寨子，寨子里到处都是痛哭和哀号声，人们都沉浸在悲痛中，没有人理他们。

小白龙的两只鞋都不见了，白色的衣服变成了土黄色；朱蓝滟披头散发，脸色苍白，身上的轻纱被扯掉了好几块，有的地方都露出了皮肤，冻得她瑟瑟发抖。

小白龙和朱蓝滟躲在房檐下，把脸上的泥水抹掉后，又稍微甩了甩头发上和身上的泥水。

"不对呀！"朱蓝滟颤抖着说，"阿娇这小姑娘怎么会梦见这些东西？"

"是不是阿娇进濯垢泉之前遇见过？"小白龙问，心里想，看来阿娇也不简单啊。

"不可能，阿娇就是濯垢泉本地人，虽说家里贫困，但绝不可能像现在这么惨。而且她很小就进了濯垢泉，人生经历非常单纯，怎么会遇见这样大的洪水？还有，你看见天上的那条龙了吗？"

小白龙点了点头。

"她能见到的龙估计也就只有你了。"

小白龙把沾在脸上的黄泥用手指一点点擦掉，思索了一会儿，问："她是不是特别喜欢看书？"

朱蓝滟闻言愣了一下，然后点了点头说："是挺喜欢看书的，特别是志怪传奇之类……"

小白龙叹了口气说："我们先在山寨里面看看吧。"

小白龙和朱蓝滟淋着大雨在寨子里转，寨子里的土地应该修整过，没有外面那么烂，但也依旧泥泞难走。他们两个找了半天，好不容易在寨子中间看见了一间小小的草棚，里面燃着篝火，有一个老人坐在篝火边。

"老人家，我们能进来躲躲雨吗？"朱蓝滟打招呼。

那个老人看了他们一眼，说："进来吧……"

棚子里，小白龙和朱蓝滟就着篝火，看见这个人老得特别厉害，脸上的皱纹仿佛刀劈斧砍一样。

老人也仔细打量了一下小白龙和朱蓝滟，然后说："你们两个是天上下来的吧？"

小白龙和朱蓝滟对视一眼后没说话。小白龙反问："寨子里怎么哭声连天的呀？"

老人长长地叹了一口气，然后说："周围五十几座寨子，所有十三岁以上的青壮年男子都死光了。"

"啊？发生什么事了？"朱蓝滟问。

老人颤巍巍地举起手，指向小白龙他们来的方向，说："大坝塌了，几个寨子中所有的青壮年都在大坝上抢修，一个也没逃回来。"老人表情悲怆，但并没有特别失态，似乎已经见惯了苦难。他接着说："明天一早，等大水平缓下来，我们的寨子也要转移了，这里已经待不下去了。两位客人，你们今晚就好好休息一下。我先给你们做点吃的，暖暖身子。"

老人站起身在屋子里面忙活了半天，然后用一个树皮碗装了一碗什么东西，倒进挂在火塘上的陶罐里，用木勺在陶罐里搅了搅。

"老人家……"小白龙迟疑了一下，问道，"这里是什么地方？年号为何呀？"

老人看了一眼小白龙，似乎在说：你们是天上来的，果然被我猜中了。

老人说："我们这里是招摇山。年号是什么东西？"

小白龙迟疑了一下，说："那最近有没有发生什么大事？"

老人说："大事？这些年最大的事就是有两拨人打仗，失败的一方用头撞塌了一座支撑天空的山，结果天漏了，就一直在下雨，下了很久很久了。"老人想了想，"另外，在大地中间有一棵叫'建木'的大树，是现在留下的唯一一座天梯了，一个叫'重'

和一个叫'黎'的神明要把这最后一座天梯给毁了。有几个不知道名字的首领带着很多族人在和这两个神明打仗……"

这时，棚子的门被推开，一个脸色黝黑的少女探头进来，眼睛红红的。她看了一眼小白龙和朱蓝滟，并没有太在意，问那个老人："巫咸大人，寨子里的人都准备好了，等您来祈福呢，明天我们就出发了。"

老人点了点头，站起来跟小白龙和朱蓝滟说："你们先坐一会儿，我去去就回来。"

等老人出门后，朱蓝滟对小白龙说："糟了，我们着了道了！"

小白龙问："怎么啦？"

朱蓝滟说："这明显不是阿娇的梦，或者说，这可能不全是阿娇的梦，有可能是那个杠精的梦，或者说，有可能是杠精的梦融入阿娇的梦里了。"

"杠精的梦？"小白龙被朱蓝滟绕口令一样的话搞得有点糊涂了，"杠精的梦不应该是到处吵架吗？这里也没人吵架啊？"

朱蓝滟说："你别忘了，那两只兔子说过，杠精是由十万甚至更多人类的灵魂碎片组合而成的，这里应该是刻在人类记忆深处的回忆——血脉的回忆。如果我没猜错的话，这里应该是上古时代《山海经》中的世界。"

大约二十分钟后，老人回来了。小白龙和朱蓝滟身上已经烤得热烘烘的，但衣服还没完全干。朱蓝滟苍白的脸泛起了一点红晕。

老人跟他们打了招呼，然后拿木勺在火塘上的陶罐里轻轻搅了一下，接着拿出来两个木碗，说："不好意思啊，让你们等了这么长时间。"老人一边说着，一边给小白龙和朱蓝滟每人盛了一碗汤。

小白龙接过木碗一看，里面是稀稀拉拉的汤，汤里有些像韭菜一样的草叶子，还有一些草根，以及几朵煮得软烂的青色花骨朵，他心里不免有些迟疑。

"这是祝余草，是我们这招摇山的特产，尽管味道不怎么样，但吃了后特别抗饥。不是为了这东西，我们寨子也不至于一直留在这里。"老人叹了口气，"只是没想到，我们付出了这么多，最后还是不得不走。"老人一边摇着头，一边用树枝拨弄着火塘里的火。

小白龙看着碗里的草叶和花骨朵发呆，老人一拍脑袋说："你看，我都忘了。"然后从边上的柴火里挑了两根细枝子，掰出四段来，给了小白龙两段，又给了朱蓝滟两段，"忘记给你们筷子。"

拿着两根长短不一、连着树皮的"筷子"，小白龙更是有点发蒙。朱蓝滟则毫不在意地拿起"筷子"就开始在碗里面挑起来，开始边吃边喝。

小白龙迟疑地尝了一口——味道有点奇怪，有一点草叶的苦涩味，但是吃到肚子里却让人感到特别满足，一会儿他就连汤带水全部吃掉了。老人笑呵呵地看着他们，等他们都吃完了，才说："我年轻时，跟上一代巫咸大人去巫咸国朝拜，还通过巫咸国的登葆山去过天上。巫咸国很远，我们当时走了好几个月。那时还没有那么多战争，也没有发大水，天下一片祥和，我们才有机会去那么远的地方，不像现在，小一辈的巫师已经没机会了。当时整个巫咸国到处都是各地去朝拜的巫师……"

老人给火塘里添了一把柴，陷入了沉思，似乎在回想着当年的盛况。

"那么多的巫师，大家在一起分享世界各地的知识和传说，然后由巫咸国的大巫咸分别记录在册。聚会的最后，所有的巫师列作一队，通过登葆山到天上去朝拜。登葆山非常高，我们爬了半个多月。山上的很多地方都非常危险，但有大巫咸们在，每次都能逢凶化吉。我从来没见过有那么大法力的巫咸。"

老人面带微笑,沉浸在巫咸曾经的荣光之中。

"唉,说起来也可惜,我那时年纪小,胆子也小,只是跟在队伍后面一个劲儿地走,都没怎么敢看周围。上了天之后也是走啊走的,感觉到处都是没见过的东西,到处都熠熠发光,还没怎么看就下来了。"

小白龙和朱蓝滟并不知道这"天上"到底是什么地方,所以只好含混过去。老人以为他们不愿意多谈天上的事情,也就没有勉强。又坐着聊了一会儿,老人起身把草棚的一角整理出一片空地,铺上稻草,说:"你们两位就睡这里吧,我去跟我的族人挤一挤。"

出门前,老人又挑了一堆柴火放在火塘边上,跟小白龙说:"睡到半夜记得起来给火塘添点柴火,别一下全填进去了,否则估计烧不到天亮。现在天天下雨,找一点干柴也不容易,真是抱歉了。"小白龙和朱蓝滟向老人表达了感谢。

老人出去后,朱蓝滟打了个哈欠说:"我真的累了,我们就睡一会儿吧,养足精神,明天还不知道会发生什么呢。"

小白龙说:"我们在梦里还要睡觉?"

朱蓝滟说:"那当然。在梦里不光要睡觉,在梦里还会做梦呢,就是梦中梦。梦中梦比我们现在的情况还要诡异,那里的时间变化和现实的差距更大。"

小白龙听到这里,突然问:"我们进来也大半天了,外面大概过去多久了呢?"

朱蓝滟说:"这个不好说,要是短的话,可能才几分钟吧。"

说着,朱蓝滟到棚子边上背对着小白龙躺下,然后往里面挪了挪,给小白龙留出了一块地方。整个棚子里到处堆得乱糟糟的,只有老人整理出来的那块地方可以睡,小白龙犹豫了一下,躺到了朱蓝滟的旁边。

火塘里，火光轻轻摇曳，噼啪作响。

朱蓝滟突然轻轻抓住了小白龙的左手，拉到身前，说："我们就不要留人放哨了，稍微警醒点，我抓着你的手，有什么动静我们两个都能立刻醒过来。"

小白龙和朱蓝滟之前在火塘前已经把身上稍微收拾了一下，但找不到干净的水擦洗。小白龙的手被朱蓝滟抓着，鼻子就凑在朱蓝滟的头顶，可以闻到朱蓝滟的头发里散发出来的味道，有一点若隐若现的淡淡的幽香。

朱蓝滟抓着小白龙的手，身体蜷曲着，似乎特别缺少安全感。朱蓝滟的手冰冰凉凉的。

小白龙的心里莫名地生出些怜悯，但在暴雨中挣扎了一下午，实在是太累了，他就在柴火噼噼啪啪的燃烧声中睡着了。

草棚外依旧是哗啦啦的，雨声不断。

小白龙做了一个奇怪的梦中梦，只有他自己，朱蓝滟并没有进来。周围一片漆黑，什么也看不见，只有一个声音不停地问："你为什么需要力量？你为什么需要力量？你为什么需要力量……"

半夜，小白龙被冻醒过来，发现火塘里的火已经灭掉了——他们忘了添柴。

朱蓝滟没有醒，全身蜷缩成一团，钻在小白龙的怀里。小白龙轻轻走到火塘边，放了一些干柴进去，又用一根木棒轻轻挑了挑，借着余烬慢慢把火又烧了起来。他不是不能用神通，但在这梦境世界里，他也不知道使出神通后到底会引发怎样的后果，所以准备明天试试之后再说。

火势慢慢变大后，屋里又温暖起来。可能是因为火焰带来了温暖，朱蓝滟紧紧蜷曲的身体稍微舒展了一点，苍白的脸上带着一点点病态的红。此时的她尽管狼狈不堪，但她身上那种天然的媚态依旧不减，显得更加楚楚可怜，让人见之心动。

在睡梦中，朱蓝滟的手轻轻动了动，似乎想抓住什么，却抓了个空。"啊!"朱蓝滟突然叫了一声,坐了起来。等看清小白龙就坐在火塘边时,她显得有些不好意思。

"我以为你走了呢。"朱蓝滟轻声说。

"火灭了,我起来把火重新生起来。"小白龙也小声地解释道。

朱蓝滟点点头,半天没说话,只是愣愣地看着火塘里的火噼里啪啦地烧着。

"我刚才真的做了一个梦中梦。"小白龙打破了沉默。

"啊?"朱蓝滟似乎还没有从睡梦中完全醒过来。

"我梦见我在一片黑暗中,有一个声音不断地问我:'你为什么需要力量?'"小白龙小声地说。

朱蓝滟眨了眨眼睛,眼睛反射着火塘里不停跳动的火光。她小声地问:"那你为什么需要力量呢?"

小白龙说:"当然是为了重振我族。"

"龙族本就是豪门大族,还需要重振吗?"朱蓝滟轻轻地说。

小白龙摇了摇头。如果在其他地方,他是绝对不会说这些话的,但或许是因为和面前这个姑娘一起度过了一小段艰苦的时光,又或许是因为在睡觉的时候这姑娘对他毫无防备的信任,也或许是因为火塘里摇曳的火光慢慢地催眠了他,让他放下了防备,开始向她吐露自己的心事。

"我祖上是烛龙大神和应龙大神,烛龙闭上眼睛就是黑夜,睁开眼睛就是白天;吐气是夏天,吸气就是冬天。应龙大神用尾巴一扫就可以开辟出一条长江。但到我这代后,龙族除了困于水域,还要听玉帝差遣——不光是玉帝,一些人类和妖族的大能也能随意差遣。甚至有一些血脉淡薄的龙族还会作为食材被圈养起来,提供龙肝龙髓。现在的龙族早已没有了往日的荣光,反而像是被圈养起来的、高级一些的猪牛。"

"白龙公子要是这么说,那我们这些小妖就没法活了呀。龙族在我们眼里可是非常崇高的存在。据说你们在水里撒泡尿都能让吃了的鱼化龙,在山上撒泡尿都可以让那里长出灵芝。"

朱蓝滟满口"撒尿",说得极其粗俗,但配上她那娇憨无邪的面容和神态,有一种极其诡异的吸引力,让小白龙忍不住心里一动。小白龙看着朱蓝滟,在心里揣度着她到底有什么企图,究竟是在有意地引诱自己,还是只是无意间流露出了媚态。

似乎感觉到了小白龙的想法有些不轨,朱蓝滟微微往墙边缩了缩,又悄悄地掩了掩身上破碎的纱衣。似乎意识到自己的言行像在引诱对方,朱蓝滟赶紧转移了话题:"其实梦境世界是很神奇的,有时能觉醒身体里的血脉。你做的那个梦中梦说不定真的能让你获得先辈的力量。"

"还有这种说法?"小白龙感兴趣地问道。

"嗯,是这样的。我以前跟另一个人进过梦境世界,他就获得了自己过去的力量。"

"哦?"不知道为什么,小白龙心里竟有些酸意,问道,"谁呀?男的女的?"

朱蓝滟笑了下,说:"你不认识。"

"那朱蓝滟姑娘这次进入梦境,除了帮阿娇姑娘,是不是也有些其他想法?"

朱蓝滟说:"我没什么想法,我只是贪图梦境世界和现实的时间不同,不想再天天待在濯垢泉而已。在梦境里过上一个月、一年,可能也不过是现实世界中的一两个小时。"

"为什么?濯垢泉不是挺好的吗?"

朱蓝滟笑了笑,没接话,而是说:"你那个梦中梦里的声音,你没回答他吧?"

"没有,我还没搞清楚到底是怎么回事就回答,不是显得傻了吧唧的嘛。"

"是啊,在梦中梦里怎么谨慎都不过分。如果回答了,可能会有想象不到的危险。"

"那明天我们是跟着这个寨子转移,还是去找阿娇姑娘呢?"

"我们先跟着寨子转移,先搞清楚这个世界到底是什么情况。按照我的经验,至少要花三天!"

之后,小白龙和朱蓝滟又有一搭没一搭地聊了一会儿,渐渐地没话可聊了。沉默了一会儿后,朱蓝滟说:"睡吧。"

朱蓝滟又缩到了墙壁边,给小白龙留出了位置。小白龙迟疑了下,再次睡到了朱蓝滟身后。这次朱蓝滟没有再抓小白龙的手。

第十九章

小白龙之死

第二天一早，雨还是稀里哗啦地下个不停。老人又来煮了一锅祝余草汤，两人胡乱吃过后出门一看，昨天汹涌的大水确实变缓了，但水位上升了不少，那势头像是要把山顶给淹没。

一上午，寨子里的人都顶着大雨拼命地收拾东西，然后陆陆续续地把东西堆到七条早就准备好的大竹筏上。不时有累得干不动的人趴在泥泞里号啕大哭，但没有人去安慰，也没有人去扶，大家都在抓紧时间抢救自己那点可怜的财产。

大哭的人哭完，擦擦眼泪爬起来继续干活。只不过因为大雨不停，眼泪怎么擦也擦不干净。

整个寨子里都是些老弱妇孺，一个青壮男人都没有，这让搬迁工作变得更加艰难。

天空不时有闪电划过，昨天露过一面的那条龙再也没有出现。在行李收拾得差不多的时候，有一个小男孩在水边按着膝盖弯着腰休息，被水里突然蹿出的一条怪鱼给拖了下去。等小白龙赶过来时，那条怪鱼和小男孩已经消失在洪水中了。

男孩的家人在岸边悲痛欲绝地哭喊，其他人则神情麻木地站在边上默默观望，然后告诫自己的家人不要太靠近水边。

一直到下午一点左右，所有行李终于被全部堆上了竹筏，老人便带着族人登上竹筏，然后问小白龙和朱蓝滟："跟我们一起走吗？"

小白龙看了一眼朱蓝滟，后者点了点头，于是两人一起上了一条竹筏。

竹竿一点，竹筏开始缓缓离开岸边。这时小白龙突然看见三四个人从草棚里钻了出来，站在岸边木然地看着慢慢远去的竹筏。

小白龙四下看了下，周围水中已没有其他竹筏了，于是他赶紧喊了起来："哎！哎！停一下！停一下！赶紧回去，还有人没上呢！"

但是没有人理他。小白龙有些着急，正要抢过竹竿自己动手划回去，老人突然一把抓住了小白龙的胳膊，说："他们太老了，去不了新的地方了，就让他们留在这里吧。"

小白龙张了张嘴，然后回头去看岸上的那几个人。他们果然都很老了，而且他们不光老，还很虚弱，有的像是生病了。他们看着慢慢远去的竹筏，神情木讷，看不出痛苦，也看不出愤怒。

朱蓝滟轻轻拍了拍小白龙的肩膀，凑在他耳边小声地说："看着就好了，别忘了我们是在梦里，这些都是已经发生过的事，我们是没有办法改变的。"

越涨越高的大水里，七条竹筏缓缓地漂流着。路过另一座山的时候，又有五条竹筏加入了队伍。最后，一共三十几条竹筏，一起漂泊在似乎无边无际的水面上。

大雨依旧下个不停，偶尔会有人因为脚滑掉到水里。有人运气好，拼命挣扎着爬了上来，而有的人就没那么好的运气，刚掉下去就被水里的什么东西拖到了水底。渐渐地，竹筏的四周和后面的水面下都跟了些黑色的阴影，随后落水的人就再也没有能救上来的。人们更小心了，但是禁不住雨一直在下，大家又非常疲劳，所以依旧不时有人不小心落水。

小白龙的脸色越来越难看。

有一个站在小白龙边上的撑竿男孩，在用力撑竿时，因为个子小、体重轻，他脚一滑，突然被撑竿弹了起来。眼看男孩就要落水，小白龙眼疾手快，一把将他凌空拎了起来。水下，一个巨大的阴影一晃而过。小白龙把男孩放到了身后，拿过他的竹竿，默默地撑起竹筏来。

小男孩吓得脸色惨白,躺在竹筏上一动不动,缓过来后拼命地骂脏话。

水面慢慢收窄,到了一处有落差的天然闸口,水流变得湍急了。竹筏上的人都紧张起来,不顾危险地在竹筏上跑来跑去,用竹竿四处调整以保持竹筏的平衡。

但三十几条竹筏的船队里,一个青壮年汉子都没有,都是些小孩和妇女、老人,本身体重就不重,力量也不大,根本压制不住因为湍急的水流而变得越来越不稳的竹筏。

有一条竹筏上控制方向的是一个妇人,在竹筏从落差处下去时,因为力量不足没能及时撑开,竹筏一头撞到了水里的一块大石头上。整条竹筏被湍急向下的水流带得竖了起来,竹筏上所有的东西和乘客全都掉到了水里,惨叫声、痛哭声,还有水里那些阴影暴起把人拖到水下的声音接连响起,场面惨不忍睹。

其他竹筏上的人都吓坏了,尽管有些老人在拼命地叫喊着指挥,但有的小孩和女人已经手足无措,没人操控的竹筏更加凶猛地向下面落去。有的人运气好,所乘的竹筏平稳地落到了下面的水面上。但更多的竹筏则是一头扎到了下面的石头上,整条竹筏都竖了起来,更多的人和东西掉到了水里。整片水面像沸腾的粥一样,全是拼命挣扎的人,而水下一个又一个巨大的阴影,飞快地穿梭着把人拖往水下。

见有人落水,有的人想划回去救人,但落水的人拼了命地往筏子上爬,结果又有两三条竹筏被拽翻。其他的竹筏赶紧划远,落水的人则跟在筏子后拼命追赶,却被水面下的黑影拖入水下。

小白龙全身颤抖,但被朱蓝滟死死地抓住。朱蓝滟在他耳边不停地说:"这都是梦,都是梦,都是已经发生过的事情!不要去!胡乱出手改变已经发生过的事,就算在梦里也会出大麻烦的!"

经过那道天然水闸后,三十多条竹筏已经只剩下不到一半了!

大雨依旧下个不停,所有人的身上都湿透了,也不知道被蓑叶重重包裹的祝余草有没有受潮。竹筏漂了三天,所有人都靠干嚼祝余草来填饱肚子。好在这三天里没什么险关,只损失了一条竹筏。当初扎这条竹筏的时候就没扎紧,在经过天然水闸后明显有些松动,筏子上的人也没注意,结果竹筏在众目睽睽之下直接散掉了。

担心自己乘坐的竹筏被落水的人拽翻,所有人的第一反应就是赶紧划远,等大家反应过来那条竹筏上的人并没有那么多,完全可以承载时,水面上已经没有一个人了。因为搞不清水下到底是什么,大家也不敢打捞落在水里的东西。

三天后,竹筏终于靠岸了。上岸的先头部队带回一个好消息——他们找到了一个干燥的山洞。

所有人冒雨把筏子上的东西全都搬了下来,一趟一趟地运到了山洞里,接着又把竹筏也都抬上了岸,然后开始检查靠岸的这个地方四周的情况。探查的人又带来一个好消息——高处的一个池塘里的水漫了出来,沿着山势汇入了下方的洪水之中,缺口处形成了一个天然的泄洪口。于是村民们腾出四五个大竹筐,欢天喜地地安在了泄洪口下方。到快入夜的时候,居然收集了满满两筐鱼、虾、鳖、黄鳝、乌龟等食物。

要做饭就得有火,可是没有东西能当燃料。最后,村民们拆掉了一条竹筏,总算把火烧了起来。

山洞宽阔而干燥,燃起篝火后,所有人心里的那块大石总算落了地。再在火上架起鱼虾和黄鳝,洞口也用两条竹筏封了起来,局面总算安稳了一点。

所有人都太累了,小白龙亲眼看见身边的一个小女孩吃着吃着就睡着了。

大雨依旧不停不歇，洞外面始终都是黑的，也不知是白天还是黑夜，只是有时黑得厉害些，有时黑得没那么厉害。

偶尔有妇人出去拖回一两筐鲜鱼，但竹筏拆了一条又一条，大家已经舍不得时时都点着篝火了，只有在弄食物的时候点火烧一下，然后把半生不熟的食物分给大家。

所有人身上都没有干透过，人和物品都发酵了，洞内的气味简直熏得人睁不开眼睛！但就算是这样，大家也舍不得离开山洞。

小白龙和朱蓝滟上了岸后就没有再见过收留他们的那个老人，也不知他是死是活。

渐渐地，他们离开山洞后就不回去了，山洞里也没有人在意。

朱蓝滟在附近的树林里用蛛丝做了一个巨大的茧房，里面有三室一厅一厨一卫，厚厚的蛛丝把雨水和寒意都隔绝在了外面。小白龙又布了个简单的阵法，将这个茧房隐藏了起来。

"我刚才去看了一下，他们马上就没东西生火了。"小白龙站在茧房门口，一边说一边随手把衣服上的雨水给蒸发掉。

"你别在门口站着，你身上这味我实在吃不消。"朱蓝滟说。

小白龙笑笑没说话，招来几股清风去了去身上的味道。

"你说他们马上没东西生火了会怎么样？他们会吃生的吗？"小白龙依旧在为山洞里的那群人担心。

"如果他们没发现那个山洞，尽管挣扎得苦一点，但活下去的可能性还是挺大的。现在发现了那个山洞，突然都安逸下来了，已经没有了再到外面挣扎的勇气，我估计想活下去会比较难。"朱蓝滟拉开餐桌后一张白色的椅子，让小白龙坐下，自己也坐到了小白龙对面。

茧房中间一大块长方形的透明玻璃里，有一团火焰熊熊燃烧着，把茧房里照得明亮又温暖——这是小白龙根据自己曾见过的三昧真火，在朱蓝滟的指点下观想显化出来的，然后朱蓝滟又观想出一大块不会被真火熔化的玻璃，把真火封到了里面。

梦境世界没有妖力、神力和法力，靠的是想象力和意志力。朱蓝滟说，很多出入梦境的妖怪把这种力量叫作"精神力"。

"在外界越是强大的存在，进入梦境后就越危险，因为他们习惯了在外面呼风唤雨、千变万化——但在外面，这些都是靠妖力或法力支撑的，而在梦境世界，他们虽然能观想出这些熟悉的妖术或法术，却没有足够的精神力去支撑，很可能一个在外面像呼吸一样简单的法术就把自己的精神力全部耗光，然后就在梦境里死去了。"

这是刚刚安定下来时，朱蓝滟就在第一时间慎重告知小白龙的注意事项。

"以前学习嫁梦时没人跟我说过啊。"小白龙当时很是怀疑。

"但教你嫁梦的人一定跟你说过，只可以出入梦境，不要去改变梦境，对吧？"朱蓝滟说。

小白龙很努力地回忆了一下，说："好像提过。"

"大部分施展嫁梦的人只不过是出入梦境，最多是传递消息，因为梦境世界太危险了，很多深入的人出不去，而那些没深入过的人又不知道。就连我的姐妹们也都以为嫁梦是很安全的法术。如果不是当初我陪人进来过，我也不知道。"

"陪人？"

"呵呵，陪妖。"

"大妖？"

"嗯。"

朱蓝滟从面前的果盘里拿起一个苹果递给小白龙，小白龙接过来咬了一口，尽管都是观想出来的，但苹果脆甜的口感和充沛的汁水和现实世界完全没有分别。

"我离开的时候，山洞里已经有好几个人生病了。等过段时间柴火用完,他们没有火也没有东西御寒,再吃生冷的东西,加上那种封闭的环境,我估计暴发疾病也就在这几天了。"朱蓝滟说。

"咱们就不能帮帮他们吗?对我们来说也就是举手之劳啊。"小白龙依旧为山洞里的那些人担心着。

朱蓝滟并没有回答他的问题,而是说起了另一件事:"你还记不记得我们第一次见到那个老巫师的时候,有个小女孩到棚子里来喊他去给族人们祈福?"

小白龙说:"当然记得。"

"你知道那个小女孩后来去哪里了吗?"

"过那个水闸的时候,她的竹筏是第一个翻的。"小白龙说,"我记得很清楚,要不是你死死拉着,我当时就出手救她了。"

朱蓝滟定定地看着小白龙,然后说:"我最后一次去洞里的时候,看见她在篝火边上吃鱼。"

小白龙的背上立刻密密麻麻地出了一层冷汗。

"你最近几次去山洞时,难道就没有发觉山洞里的人越来越多了吗?"朱蓝滟问小白龙。

尽管三昧真火的温度并没有降低,小白龙却觉得全身冷飕飕的。因为被朱蓝滟这么一提醒,他确实想了起来——围在越来越小的篝火边的人和躺在黑暗里的人似乎确实越来越多了。

"这都是因为你啊!"

朱蓝滟带着点嗔怪的语气说:"你总是想帮他们,想让他们活下去,你的想法已经在慢慢地改变这个梦境了。因为是潜意识的慢慢影响,所以并不会消耗你太多的精神力,但这样下去,这个梦会越来越不稳定,最后崩塌,梦里所有的东西都会消失!"

小白龙愣愣地看着朱蓝滟。

"因为这些人最后总是要死的,所以我一直都没管。如果山洞里的那些人还没发现身边有死而复生的人就死了,那我们就不用管他们；但如果这些人死之前发现身边有人本应死去却还活着，我们就只能出手把他们都杀掉，那样才能把我们对这个梦的影响保持在最低程度。"

小白龙呆呆地看着朱蓝滟，发现她在说这些冷酷的话时，脸上的表情依旧那么温柔。

经过一段时间的观想练习，小白龙和朱蓝滟的精神力已足够支撑起和濯垢泉一样的生活标准了。

尽管在梦境这个纯精神世界不需要进食，但是朱蓝滟依旧拉着小白龙一日三餐地吃着。她说，一来，就算在梦境世界也要按照现实世界来过，否则当你离开梦境世界回到现实世界之后会很难适应；二来，观想现实世界也是练习精神力的绝好途径。

小白龙最近也没再去那个山洞了，他不忍心——疾病果然如朱蓝滟预料的一样开始暴发。因为担心尸体扔到洞外后会引来猛兽或怪物，所以山洞里的人把死者的尸体都扔到了洞的最里面。这样一来，洞里的气味变得更加古怪。

连主动去抓鱼的人也没有了，饿得实在没法子时才会有一两个人出洞去把鱼给拖回来——拖回来的鱼也越来越少。因为竹筏已经全部烧光了，这些人只得开始烧其他东西，有个小孩无意中烧掉了两个抓鱼的大竹筐。

小白龙用一把精致的不锈钢勺子舀起面前的手指面，面极为筋道，面汤鲜酸开胃，肉臊喷香，西红柿都炒化了，入口滚烫。这一碗面就算在濯垢泉也相当不错了。这是两三分钟前朱蓝滟突然想吃面时观想出来的。

"这段时间雨下个不停，到哪里都不方便，不如我们就先在这边小住一段时间，好好练练精神力。对了，观想出来的东西越逼真就说明你的精神力越深厚哦。"朱蓝滟劝小白龙安心待着。

"你可以观想个美女出来陪你啊。"朱蓝滟笑眯眯地建议，"你可以让她符合你的一切标准，而且因为没有自主意识，会特别听话哦。"说到这里的时候，朱蓝滟还挑了挑眉梢。小白龙没理她。

"其实，观想模拟生命体更能锻炼精神力，你可以随时把她不符合你想法的地方修改掉。随着你的精神力越来越强大，模拟的生命体也会越来越逼真。"

小白龙挑了挑眉，也不知道朱蓝滟是在继续开玩笑还是真的在提建议。

而朱蓝滟说完这些话后似乎想到了什么，竟陷入了沉默。

"我们在这里面待了这么长时间，现实世界大概过去多久了？"小白龙打破了沉默。

"梦境里，时间是你最不需要担心的。别看我们在里面待了这么久，外面最多也就一两个小时。你难道没听说过黄粱一梦吗？那个卢生梦见自己中了进士、当了国公，儿孙满堂，活到八十才死。醒来后，发现黄粱米饭都还没有煮熟呢。"

小白龙又吃了一勺香喷喷的手指面，然后问："等到雨停之后，我们怎么办呢？"

朱蓝滟说："等到雨停我们就离开这里，在这个世界里先游历一遍，四处打听打听，看看那个阿娇姑娘或者杠精有可能躲在哪里。然后我们过去把阿娇姑娘救出来，或者把杠精杀死，任务不就完成了？"

朱蓝滟见小白龙似乎有些烦躁，就安慰他道："其实不一定要等雨停，如果我们的精神力足够强大，是可以影响天气的，那可是你的本命神通。按照我的估计，再过一个星期，方圆三公里内的天气你就能随意控制了。"朱蓝滟一边说，一边在身上擦了擦被面碗烫到的手。

梦境里，朱蓝滟并没有一直穿着她那身蓝色的轻纱。茧房建好后,她给自己观想出了一套可爱的家居服,帽子上还缝了两个耳朵。出茧房时,则是穿着各种各样的漂亮衣服,就是没有蓝色轻纱。其实除了刚进梦境世界那会儿,朱蓝滟再也没有穿过那身蓝色轻纱。

小白龙一听,心里有些高兴,还有一个星期,山洞里的那些人只要再熬过一个星期,自己至少可以先让这里天晴,也算给他们一条活路了。

其实,以前小白龙并不太在乎人类的生命,可能是受到了三藏的影响,也有可能是跟这些弱小的人类一起挣扎过一段时间,之后就对弱小的生命产生了怜悯。

面汤很烫,朱蓝滟又用被面碗烫到的手指摸了摸耳垂。她还给自己的那一碗手指面加了不少辣椒,所以这会儿吃得脸红扑扑的,沾了油的嘴唇晶莹透亮,雪白的牙齿咬着一颗小小的"猫耳朵",然后飞快地吸到嘴里细细地咀嚼起来。吃了一口后,抬头笑眯眯地看向小白龙。

小白龙心里突然微微一荡,忍不住低下头,把视线放在了自己的那碗手指面上。

大雨依旧不停。饭后,朱蓝滟居然观想出了一台电视,然后像猫一样缩在客厅的沙发上,观想着自己看过的电视节目投射到电视里,居然还看得咯咯直笑。

小白龙也想把自己的手机观想出来,可试了几次,观想出来的东西外表倒是像个手机,但里面的所有功能都乱七八糟,根本用不了。又试了几次之后,他便放弃了,打算回去睡觉。

"你为什么想得到力量?你得到力量不是为了拯救生命吗?你为什么不救他们?不要担心这个梦境会崩塌,梦境崩塌不过是无法自圆其说而已,你只要有一个理由就可以让梦境继续稳固!你可以做救世主!只要你成了救世主,一切神迹在你手上都可以实现,且毫无破绽!去吧,去做救世主吧!不要担心精神力,你拯救的生命会给你提供源源不断的精神力。去吧,去吧,去吧……"

小白龙又开始做那个梦中梦了,这次梦里的声音似乎特别啰唆,最后在不断的"去吧"声中,小白龙醒了过来。他睁开眼睛,愣愣地看着茧房雪白的天花板。

外面的雨声一刻不停,想到洞里那恶劣的生存环境,小白龙再也忍不住了。他猛地坐起来,准备去问问朱蓝滟那个声音说的是不是真的。

掀开卧室的门帘,客厅里的电视机已经不见了,原来放电视机的地方现在有两三个架子,小白龙听见一声猫叫,这才发现客厅里有三四只猫。有一只黑猫趴在一个架子上,见小白龙从卧室里出来,看了他一眼,接着转过头,懒洋洋地甩了甩尾巴。另外几只猫都围在封印三昧真火的玻璃前烤着火,看见他后也是抖了抖耳朵。

客厅的光线变暗了,但更温暖了。

小白龙走到朱蓝滟的卧室门前,迟疑了一下,还是掀开了门帘。忽然,小白龙愣住了。他站了一会儿,然后轻轻地放下门帘,准备等朱蓝滟早晨醒来后再问。

茧房的卧室都是按照濯垢泉的卧室去观想的,床很大,上面铺着厚厚的、柔软得像云朵一样的床垫。一条柔软轻薄的毯子缠绕在朱蓝滟身上,露出了一条线条优美的长腿,以及同样曲线优美的背——她在裸睡。

朱蓝滟穿着衣服的时候看起来非常瘦,但刚刚她裸露出的肢体看上去非常结实丰满。有一瞬间,小白龙觉得,在那张超大的、像厚厚的云朵一样柔软的大床上,朱蓝滟像是一座岛。

而自己像要被淹死在什么里面了。

小白龙坐在客厅的沙发上发呆,喉咙有些干。那只纯黑的猫,跳下架子,无声无息地走过来,跳到了小白龙的膝上。小白龙轻轻抚摸着这只猫,觉得心有点乱。

不知过了多久，小白龙突然听见茧房外有窸窸窣窣的动静。他皱了皱眉，把膝上的黑猫抱下来放在地上，然后走到茧房门口，拉开茧房大门上厚厚的门帘，只见瓢泼一样的雨水中有一团黑色的东西在不远处蠕动。

"居然突破法阵闯到这里来了？"小白龙不免有些惊讶。那团黑色的东西突然抬起了头，小白龙这才看清，原来是当初接待过他们的那个老人。雨水中，那个老人瘦得像个骷髅，破烂的衣服紧紧地贴在身上，而他腋下还夹着一个小女孩。

老人见小白龙出来，立刻连连磕头，哭喊着哀求道："天神大人，求求您救救她吧！山洞里的所有人都死了，只有她还有一口气。"

老人悲痛得说不出话来，过了一会儿，说："真的没办法了！真的一点办法都没有了！我一直不敢求您救我们所有人，但求求您救救她吧！好歹给我们族人留下一点血脉！"

天神大人出来的那个房子温暖而明亮，散发着淡淡的幽香，但老人并不敢奢望能进去，甚至都不敢多看一眼！

从那个臭气熏天的洞里出来，再从无数莫名其妙的岔路和死路之间找到这里，已经花去了老人积攒一生的法力。老人脸上每一条刀劈斧砍般的皱纹现在都充满了悲伤，他徒劳地把手挡在小女孩的头上，想替她挡住一点这该死的雨。

他见小白龙没有回应，于是把头狠狠地低到泥里，拼命地让自己跪得更低一些，再低一些，好让天神大人怜悯这孩子，伸出援手。他不敢奢望孩子能进入天神大人的住处，只要在天神大人的住处外搭一个窝棚，借一点亮光和温暖就行了！

小白龙看着这个曾经无比骄傲的巫咸大人这般悲苦，忍不住伸出手摸了摸那个不省人事的小女孩的头。

小女孩全身湿漉漉的，像一条刚从水里打捞上来的死鱼，连耳朵后面都感觉不到一点温热，只有间隔很久的一下费力的呼吸证明这是一个活人。小白龙试着观想,让生命的力量融入这个小女孩的身体,帮她恢复……

突然身后传来一声惊叫——

"公子!你在干什么?!"

朱蓝滟风一样地从卧室里冲出来,她已经穿上了缝着耳朵的家居服。但她已经迟了,小白龙的观想已经在小女孩的身上产生了效果。

朱蓝滟一把抓住小白龙。她想拉开小白龙,如果来不及,那她就帮小白龙一起扛下——帮一个垂死的人恢复生命力需要巨大的精神力,但他们两个加起来应该还是撑得住的。

然而,几乎是一瞬间,小白龙和朱蓝滟的脸上都露出了极其惊愕的表情,他们的精神力如决堤的洪水一样汹涌而出。

老人的身体微微歪了一下,小女孩的长发垂在一边,露出了脸——她居然是那个喊老人去给大家祈福的女孩!那就不再是拯救了,而是复活!而复活一个具有自我意识的生命,就算是梦境里虚假的生命,对精神力的消耗都远远不是小白龙和朱蓝滟能够承受的!

眨眼间,小白龙和朱蓝滟都软软地躺下了,他们死在了远古的梦境世界!

濯垢泉一座被小娘和仆人看护得很好的院子中,安安静静的大堂里,阿娇姑娘脸上的眼睛和舌头上的眼睛突然同时睁开了。

第二十章

打锅匠

一大早，土地老儿就连续打了两三个喷嚏。

"念我好的万万代，念我坏的死得快……"土地老儿念叨了几遍这句话。

然而，他一早上都心神不宁，似乎有什么事情要发生。他在屋外转转，又进屋内转转，总是静不下心来。

"你这个老家伙，一大早的到底要干什么？还不来帮忙？！"

土地婆婆正忙着把昨天收到屋里的一匾匾草药，还有一匾匾切好的萝卜条拿出来晒太阳。

土地老儿闻言赶紧过去帮忙。等把所有的草药和萝卜条都搬到了院子里，土地婆婆又去拿早晨洗好的衣服出来晒。土地老儿依旧觉得心慌慌的，他想了想，准备出去转转。背上大牌包包后，他开了院门，刚出门就看见对面走过来一个穿绿衣服的老头。

"奶奶的，原来是这家伙来了！"土地老儿立刻就知道自己为什么一早晨都心神不宁了。想躲也来不及了，只好假笑着迎了上去。

"怎么，老弟兄来你不欢迎啊？"绿衣服的山神老头笑呵呵地说。见山神老头不像是来吵架的样子，土地老儿心里的石头总算是放下了，将山神迎进了院子。

正在院里晒衣服的土地婆婆看见山神老头，脸色也有点不好看，但还是停下手里的活进房间端了茶水，然后又弄了几样小吃放在院里的茶桌上。

"喝茶，喝茶……"土地老儿先坐下来，赔着笑给山神老头斟茶。山神老头在院子里环视一圈,又隔着门往土地老儿的"大别墅"里张望了两眼,连连点头说:"不错,不错……早就想来看看了,一直抽不出空。"

土地老儿心想:就你那样还抽不出空?他也不好点破,只好说:"老哥日理万机,当然没时间到我这里来了,我们也就是瞎折腾。"

山神老头似乎听出土地老儿有点怨气,点了点头没说话,坐到土地老儿对面,端起茶水来喝了一口。茶还不错,可见土地老儿有怨气归有怨气,但接待他还是有诚意的。

"对啦,我也修了栋大别墅,就在我原来那座小庙的位置。等修好之后,到我那边去坐坐!"山神老头好像突然想起来似的说。然后他从口袋里摸出一包烟,敲出来一根,随手扔给土地老儿。土地老儿接过来一看,竟然是特别贵的金东江。

山神老头又敲出来一根烟叼在嘴上,然后到处找打火机。

"老太婆,老太婆……送个火过来。"土地老儿喊道。

土地婆婆一脸嫌弃地把一个塑料打火机扔到桌子上,然后又回去忙自己的事了。

土地老儿先给山神老头点了烟,然后给自己也点着,抽了一口后,说:"老哥你现在是发财了,都抽这个了?"

"哪里哪里……"山神老头笑呵呵地说,"咱们这里不是来了个大先生吗?不知道怎么回事,跟我特别投缘。这次啊,我的别墅都是他掏钱给修的。另外,濯垢泉的那些娘娘现在对我也客气得不得了,我修别墅时不是没地方住吗,非要请我住到濯垢泉里,钱都不肯收我的。天天嘘寒问暖,送吃的送喝的,还要叫个小娘陪我睡觉!乖乖,你说我都什么年纪了,人家给我做孙女还差不多,搞得我都不好意思了!"

在院子里晒衣服的土地婆婆一直竖着耳朵听着,这时剜了土地老儿一眼,说:"老哥,您是出了名的正人君子,不像有些人,

- 211 -

不要说请了，没人请都偷偷摸摸往人家院里钻呢！"

"你知道个屁！那是我想去吗？迎来送往的，客人要去我怎么办？你没事别瞎掺和，我跟老哥有正事要谈！"

土地婆婆正好晒完衣服，呸了一口，拎起篮子就进房间了。

山神老头被打断，于是重新酝酿了一下，继续说："你说我们这些老家伙，以前确实是风光过，但现在谁还拿正眼瞧我们？受之有愧，受之有愧啊。"话虽这么说，但山神老头的脸上却神采奕奕的。

"哦？"土地老儿应了一声。因为被比下去了，他几乎是下意识地把还没来得及放下的大牌包包在胸前正了正。

山神老头瞥见了，于是说："哎呀，你这个包，是那个什么'驴牌'的吧？"

"啊，我也不知道这个是什么牌子，就是看很多人都说质量好，所以我也就买了个，随便背背。"土地老儿说。

山神老头说："你说现在这些人都是怎么想的，以前我们买的包都讲究用牛皮做，最多就是头层小牛皮，现在居然流行用驴皮做包，还卖那么贵！据说一个要十几万吧？"

"这你就不知道了，"土地老儿来了兴致，"驴皮当然贵了，做阿胶用的就是驴皮啊！你说的十几万的包还不是最贵的，据说最贵的要一两百万！我这个是普通款，就几万……"

"哦，这个包几万块啊。"山神老头看着土地老儿那个黑乎乎的'驴牌'包，"你就算用阿胶做个包，也用不了多少料啊。"

山神老头看了一会儿那个包，然后说："唉，不过现在的人确实搞不懂。就像我那个别墅，那个大先生给我修的时候非要搞一个什么地中海风格，据说还花了很多钱请了设计师。我也搞不懂什么叫地中海风格，咱们这里除了山就是山，又没有海。但他非要搞！我也不管了，反正也不是我花钱，他要搞就让他搞吧。"

"哦，地中海风格啊。"土地老儿似乎感觉到自己这次是怎么也比不过了，有些泄气，有气无力地说，"地中海风格是很漂亮的，我这边修得早，那时还没这些东西呢，不然我也要搞个地中海风格的。"

"哎，听老哥劝，不值当，就是乱花钱！我看了一下，那个设计费啊，好像都跟盖房子的钱差不多了。要是我自己花钱，我肯定不搞！"山神老头继续嘚瑟道。这么多年总算占了上风的山神老头开心得红光满面，又喝了口茶。

彻底攀比失败的土地老儿不愿意接话了，山神老头也不知道该说什么，毕竟他和土地老儿很多年都没见过面了，找话题都不知道从何找起。沉吟了一会儿，山神老头决定说正事。

山神老头正色说："老鼠洞的事你知道了吧？"

土地老儿依旧有气无力地坐在山神老头对面，拿起桌上的一颗花生，边剥边说："这么大的事儿哪能不知道呢？自从大圣爷爷他们来了之后，别看我不怎么出现，其实一直都盯着呢。"

山神老头说："我去看过了，那些老鼠搞得很大呀，里面也不知道死了多少人。"

土地老儿说："得亏是大圣爷爷发现的，也算是为这里铲除了一颗毒瘤。他们都成气候了，要是被实力不够的人发现了，那就不知道是谁铲除谁了。"

山神老头说："我记得老鼠洞那块地以前好像是小七的，要是小七还在，怎么可能被搞成那样。"

谈到当年的事情，哥俩的神色都有些黯然。土地老儿叹了口气说："就小七那个性子，当年怎么可能活得下来？"

山神老头也叹了口气说："当年我们兄弟十个，现在还活着的也就我们两个老家伙了。"

说到这里，土地老儿突然抬头看了看山神老头，然后皱着眉头说："老哥，不是我说你，你看看你现在这个金身都成什么样了，千疮百孔，四面漏风。你真忍心以后就扔下我这一个老家伙维持吗？"

山神老头一拍桌子，说："老子就是不想给他当这个打锅匠！"

土地老儿把手上剥好的几颗花生都递给山神老头，然后叹了口气说："唉，人在屋檐下，不得不低头啊。"

山神老头接过土地老儿递过来的那把花生米，一把倒进嘴里，咯吱咯吱地嚼着，神情还是颇为不忿。过了一会儿，他的神色颓唐下来，跟土地老儿说："这些年我也常常想，你当年的选择其实也不能说错。毕竟，有我们维护着，这片土地总归还有点样子。要是都变成老鼠洞那样，那才真是完蛋。只是这些年苦了老弟你了。"

"老哥，别说了……"土地老儿听山神老头这么一说，眼圈有些发红，伸手抓住山神老头的手按了按。

"只是我啊，就是咽不下这口气！这么些年嘴上说着不打锅不打锅，最后还是帮他把锅打得差不多了，我真是成了个笑话。"山神老头叹息道。

"他就是瞅准了你的性子，"土地老儿说，"所以当初才让你活着。只要你放不下，你就早晚得帮他打锅。"

山神老头摇了摇头说："老夫已经决定了，要把他这口锅给砸了！"

土地老儿闻言大吃一惊，看着山神老头说："使不得呀！你把你那一块金身毁了，你就没了！"

山神老头说："我现在金身的状况又能好到哪儿去？我早就下定决心了。就是我走了之后，这里还是得靠你这个老家伙维护。到时你多费费心，我代先走的老弟兄们都谢谢你了。"

土地老儿把桌子一拍，发起火来："你们一个个都走了，痛快是痛快，就留老夫一个，这么大的土地我怎么维护？用什么维护？"

山神老头看着土地老儿，苦笑着说："那怎么办？锅马上就要打好了！我是山神，你是土地，到时山上、地上一个生灵都没了，我们还当什么山神、当什么土地？我先去一步，好歹能拖一拖，说不定后面还有什么转机。"

土地老儿瞪着通红的眼睛说："但山还在啊！土还在啊！只要有山有土，总有一天还是有生灵的呀。"

"有了生灵之后，又能怎么样呢？过个几百年再被他一锅炖了？"

土地老儿看着山神老头，一时说不出话来。

"对了，你先别急，我们可以先去找找大圣，看看有没有办法……"土地老儿忽然像抓到了救命稻草一样说。

"找大圣有用的话，你自己不早就找了。"山神老头带着点调侃的口气说。

土地老儿愣住了，然后指着山神老头骂道："你就不是个东西！走了走了还盖个地中海别墅来气我，你有命盖，你还有命住吗？"

山神老头看着土地老儿，乐呵呵地说："我乐意！"

土地婆婆慌里慌张地从房子里跑出来问："怎么了，怎么了？刚才不还好好的，怎么突然就吵起来了？你们年纪都多大了……"

见土地婆婆出来了，两个老家伙都转过头去不说话了。过了一会儿，山神老头说："我今天就是来看看。走了！"

走了没几步，土地老儿在背后叫住了山神老头，说："给我一个星期。别的我不要求，你再给我一个星期，我一定要找找其他可能，行不行？就一个星期！"

山神老头点点头，说："我想劝你别白费工夫，但你肯定不甘心。一个星期就一个星期吧，这么多年都熬过来了。我答应你。"

山神老头走了之后，土地婆婆问土地老儿："怎么了？怎么又吵起来了？"

土地老儿说："没事没事，你别管了。"

- 215 -

土地婆婆埋怨了几句，然后又说："山神这老家伙吧，不地道。但毕竟做了这么多年邻居，又是你的结拜兄弟，本来我还想留他吃午饭的。走就走吧，还好走得早，鸡还没杀。"

　　"你才走得早！"土地老儿突然发火道。土地婆婆的脾气顿时就上来了，把土地老儿一顿臭骂。土地老儿连午饭也没吃，气鼓鼓、灰溜溜地背着包出门了。

　　濯垢泉五村一镇地界原本有十位大小土地、山神、河神，十个小神结为了异姓兄弟。一百多年前，那只大妖来到此地，要求十位兄弟将此地打造为一口大锅，以小七为首的四神破口大骂，让其不要痴心妄想，结果被那只大妖以奇异妖法当场炼化。其后，除了土地老儿依旧勤勤恳恳地维持地方秩序，其他兄弟都消极怠工，最终金身衰败，随着道行深浅逐个消散于天地间。山神老头因为道行最深，所以苟延残喘至今。

第二十一章

月亮里的那个人

小八接连给沙僧打了好几个电话,要么不接,要么打不通,让小八觉得沙僧好像在有意躲着自己一样。好不容易打通了一次,两人便约好中午到镇上的盘丝楼见面。本来小八想直接去濯垢泉找沙僧,但最近事情实在太多,他不想浪费时间。

沙僧再一次来到花石桥镇。这次他心里有事,不像上次那么悠闲地东看西看,而是埋着头径直走到了盘丝楼门口。

在盘丝楼外面,沙僧一眼就看见了坐在老位置的小八,但他有些犹豫,有些不敢进去了。他在外面正徘徊着,小八突然看见了他,一手拿着电话,一手向他连连挥舞。没办法,沙僧只好硬着头皮进去了。

还是跟上次一样,小八的电话基本就没停过,也不知道他哪来这么多电话。等菜全部上齐,酒水也端上来之后,小八总算把电话放下了,沙僧看见小八的耳朵都被压得红红的。

"我也没什么事,就是想问问,后来小二子的事,圣僧是怎么说的啊?"小八并没有注意到沙僧那副如临大敌的模样,一开口就直奔主题。

沙僧顿时觉得如芒在背。在他那一根筋的脑袋里,这件事是这样的——他找小八帮忙,结果人家小八干得漂亮,调查得清清楚楚,最后事情卡在了他自己这里。

沙僧磕磕绊绊地把三藏的话复述了一遍,说什么现在还需要人家查濯垢泉的诅咒,最好还是让他自己悔过;要争取让小二子能够原谅他,愿意让他重新做人,等等。

其实小八并没有催促的意思,他只是觉得自己既然已经参与了这件事,就得了解一下进度,至少得清楚后面准备怎么做。否则事情老悬在那里,他一想到就不舒服。

听了三藏的决定后,小八松了一口气,说:"哎呀,这就太好了,还是圣僧他老人家考虑得周全。咱们确实要缓一缓,先把濯垢泉的事情解决掉。"小八真的是这么想的,因为濯垢泉跟他心心念念的五妹朱绿蕉有关。至于小二子,可怜是可怜,但毕竟和他不熟嘛。

但沙僧一根筋地认为小八是不好意思催促,是为了宽自己的心才这么说的,一时间又羞又急,拍着胸脯保证道:"你放心好了,我今天晚上回去就找师父!就算师父不同意,我也一定在这两天就把这件事给处理妥当!"

小八吓了一跳,说:"我不是这个意思啊,我没催你,沙长老,你别误会啊!我的意思是,就按圣僧他老人家的想法处理比较好,毕竟在濯垢泉诅咒的事上,现在他是主力,你突然把他给处理了,那后面怎么办呀?"

沙僧本就心情紧张,小八越说他越觉得是自己办事不力,小八在安慰他,于是憋得满脸通红。小八看他这个样子也不敢继续解释了,心想:不行,等沙僧走后,得给圣僧他老人家打个电话,跟圣僧解释清楚自己的真实想法,这样沙僧应该就不能乱来了。接着就不再提这事,两人闷头吃饭。但双方心里都有事,这饭吃得真是味同嚼蜡。

从盘丝楼出来,沙僧说想在花石桥镇转转,小八也没在意,就跟沙僧告别,返回了自己的工作室——其实也就是他的住处。

一路上总有人或妖跟小八打招呼,小八都笑眯眯地一一回应。在这五村一镇,小八是真正的名人,没几个不认识他的。一方面是因为这里只有他这一家媒体,另一方面也是因为他热心,常给别人帮忙。

　　进工作室所在的巷子时，小八遇见了一个推着小车卖茶叶蛋的大妈，大妈拦住小八絮絮叨叨了半天。其实小八心里很着急，但他没忍心打断大妈。然后大妈又非要送给小八五个茶叶蛋，一个非要给，一个不肯要，又推辞了半天。最后，小八拎着装了五个茶叶蛋的袋子回到了工作室——要是被五妹知道，估计会笑死。

　　不过相比于高强的妖力、庞大的势力，小八反而更喜欢来自其他人或妖怪的尊重和喜爱——按他之前告诉沙僧的话说，就是"名望"。

　　小八的工作室位于老城区，而且不是正规小区，房子都像鸽子笼。当年他做报纸时赚了点钱，于是买下了四间相邻的老房子，加固后又全部打通，做成了一套一百八十多平方米的大平层。一间宿舍一样的卧室里，摆了好几张上下铺的铁架子单人床；一间宽敞的书房兼工作室里，堆满了当年的旧报纸和旧书，在一角还堆了好几台电脑和两三张破破烂烂的旧电脑椅，像一间小网吧一样；再加一间简单的厨房和一间同样简单的卫生间，就是这里的全部了。

　　其实这里也是当年报社的所在地，后来报社解散后才改成了他的工作室，但内部装潢基本都维持了原样——说起来，这地方还是张大胯子装修的。

　　报社在的时候，这里虽然小，但是很热闹，最多时有五六个正式员工，十几个兼职通讯员，每天人来人往，热火朝天。而现在，只有小八一个人了。有很长一段时间，小八很不习惯，独处时就喜欢自言自语，后来也就养成了习惯。

　　小八掏出钥匙打开门，换了拖鞋，然后就开始嘀嘀咕咕："不知道今天又会涨多少粉。最近这几天真是疯了，昨天居然一下涨了一万多！我这种小号能涨粉就不错了，这次突然涨这么多，我都不知道该说什么好了。今天中午要不是沙长老状态不好，我都要点些好菜,搞点酒,好好庆祝一下!不过沙长老这不听人说话、老是想当然的习惯真不好,我今天还得给圣僧打电话……"

小八随手把装茶叶蛋的袋子甩在门口的鞋凳上,继续往里走——这几个茶叶蛋会不会被吃掉,就要看小八肚子饿的时候会不会正好看到它们了,否则它们的命运就是发霉,被扔掉。

"要不,今天晚上就喊老么和老李一起吃顿好的,好好庆祝一下?"小八的思路又转回到粉丝量暴涨的事情上去了。

小八想了想,又自言自语道:"小八,你要戒骄戒躁!要稳住!这两天先别忙着庆祝,最好抓紧分析一下为什么会涨这么多粉,然后要找到方法,找到大家到底喜欢我这个号什么,这样才可以持续涨粉啊!——嗯,就算不再涨粉了也不能掉粉,别空欢喜一场。"

小八一边自言自语,一边进了书房,打开了电脑。在进入后台后,尽管心里已有准备,但小八依旧被吓到了——短短一天,他居然涨了十万粉!

小八揉了揉眼睛,又看了一遍,确实是十万粉!

"我的天……这到底怎么回事啊?有人给我买数据了,好让我空欢喜一场?"小八自言自语着。这么反常,他都有点害怕了。

仔细地查看粉丝数据后,他发现这些粉丝居然来自世界各地!而且就订阅数和阅读量比例来看,应该不是假的。唯一诡异的是,他增加了这么多粉丝和阅读量,却没有收到一句留言,似乎很多人都是偷偷摸摸溜进来的,只看不说话。

"我去,我去,我去……"小八不断嘀咕着,同时心里涌起一阵狂喜,如果这个号真的能从地方号变成影响整个世界的妖族大号,说不定他就可以重起炉灶,把以前的老兄弟都请回来。

自媒体这东西的吸金能力和以前的报纸相比还是要差得多,灈垢泉五村一镇养得起一个小报社,却养不起一个分工明确的自媒体团队。不过,如果是覆盖全世界妖族的自媒体大号,那情况就不一样了。

小八甚至开始幻想："要是真的成功了，第一件事肯定是换办公室！去哪里呢……大先生在温泉洗浴中心周围盖了一些办公楼，倒是可以跟他买一间，买不起先租也行啊。看在大圣的面子上，他肯定不好意思跟我要很多钱吧……对了，这几年我的积蓄还有多少？"小八飞快地盘算了一下，接着猛然反应过来，狠狠地拍了一下脑袋，这脑袋走神得也太快了，怎么都想到换办公室上去了？如果不是及时反应过来，估计连厕所怎么装修都想好了！

小八收回心神，开始仔细研究为什么这段时间会突然涨这么多粉。

首先肯定是内容！

他看了一下自己最近一段时间发布的内容，跟以前比并没有什么变化。然后再看阅读量最高的前几名，他发现所有的文章中数据增长最快的是很久以前发过的几篇，那几篇都是些介绍濯垢泉五村一镇的文章。那时胸怀大志的小八还想向世界介绍濯垢泉来着，后来发现，几乎所有的粉丝都是本地人……此外，《濯垢泉泡汤指南》三篇文章的阅读量也是暴涨。这三篇文章里，小八用五妹做模特，拍了很多五妹穿着泳装在濯垢泉泡温泉的照片——这才是当时小八写这几篇文章的原始目的。

"可能是有什么妖族的大佬来体验过濯垢泉后，在网上介绍了一下，顺嘴提了一下我的号吧……"小八心里这样想，"难怪最近一段时间，濯垢泉五村一镇里来了很多妖族。"

小八的思路一直围绕着有大妖推荐自己这一点上，却忘了悟空和大先生拜天地的视频。当然，他也看到有妖族在转这个视频，但他并没有太在意——他还没充分认识到悟空的影响力！其实很多妖怪正是看到了悟空在这里，才开始在网络上搜索盘丝洞、盘丝岭、濯垢泉到底是什么地方，然后顺藤摸瓜，找到了小八这个本地唯一的自媒体账号。

小八的思路继续在奇怪的地方打转,他自言自语地说:"原来大家对泡温泉这么感兴趣,那这样的话,我到底要不要介绍介绍大先生他们建的温泉洗浴中心呢?站在自媒体的角度来讲,这是大家喜欢的新事物,还有很多美女可以拍,这样的内容肯定是能火一把的。但现在大先生的洗浴中心跟濯垢泉很明显是竞争对手,我要是宣传大先生的温泉,五妹会不会生气?她要是生气了不理我了怎么办?不过五妹生气也就是一时的事,如果我把阅读量做上来的话,那我可能很快就可以把原来的老兄弟都叫回来了……"小八说得嘴巴都干了,想得头都疼了,也没得出一个结论。

沙僧一直在花石桥镇打转,他答应了小八这几天就解决小二子的事,但他又想不到解决办法,甚至开始害怕晚上回去见到师父。晚上他在花石桥镇胡乱吃了点东西,然后继续打转。等到他终于下定决心,无论付出什么代价,哪怕师父阻挠,也要在两三天内解决好小二子的事情时,才发现夜已经深了,估计师父已经睡了。

沙僧心想,那就明天早晨再跟师父说。一个老实人下定决心后,心里倒是舒爽起来,于是他开开心心地往濯垢泉走去。

小八直到晚上还没有想明白那些事情,烦恼得夜里都没睡好,把给圣僧打电话的事忘得干干净净。

他不知道,如果他真的有机会报道接下来濯垢泉发生的事,那么他的账号不光会成为整个妖界的知名账号,甚至会成为那些动不动就要斩妖除魔的人类神经病和仙界都必须关注的账号——因为濯垢泉这五村一镇很快将会成为整个世界关注的中心!

沙僧在花石桥镇四处转悠时,八戒正在跟朱黄翠"培养感情"。

晚饭时，八戒突然收到消息，朱黄翠约他晚上见面。八戒吃完饭，回房间擦了把脸，就兴冲冲地跑了出去，连下午跟山神老头约好晚饭后一起散步吹牛的事都临时变卦了。

快乐的时光总是特别短暂，八戒觉得自己还什么都没干呢，夜就已经深了。朱黄翠娇滴滴地说："哎呀，太晚了，我要回去了，回去太晚会被大姐说的！"

这种客套话八戒竟然信了，约好两天后再见，就一边哼着小曲儿，一边背着手，心情愉悦地回柳新院去。

今晚他很满意，有那么两三分钟，他都牵上朱黄翠的小手了！

濯垢泉的晚上很黑，再加上树和绿植很多，到处都是一团一团的阴影，灯光都只能照亮脚下的路面。

不知哪里有一只蟋蟀在不知疲倦地叫着，八戒似乎突然听见有个女人喊了一声："卞庄……"

八戒皱了皱眉，以为自己幻听了。"卞庄这个名字我自己都快忘了，怎么还有人用这个名字叫我呢？"

"卞庄是你吗？卞庄！"那声音突然变得清晰起来。八戒全身一抖——尽管已经过了很多年，但那个人的嗓音他太熟悉了！

八戒全身僵硬，接着，他慢慢地一点一点缩到了旁边的一大块阴影里，然后尽量悄悄地转过身。

"卞庄，是你吧！你怎么不理我啊？"那声音继续喊着。然后，声音的主人也迟疑着走近了，来到了一片明亮的月光下。那人的身形在月光下慢慢显现了出来，高挑的个子，一头短发，略带英气的绝美脸庞——正是朱黄翠在老鼠洞里发现的那个木头美人。但这会儿，这木头美人却不是那种没有任何表情和动作的木头人了，她的表情生动至极，一颦一笑都美得动人心魄！

八戒控制不住地颤抖起来。

"是你吗，卞庄？"

她不依不饶地继续问着，而八戒却拼命地把自己的身体往阴影里缩。他的身体已经紧紧地贴着墙了，再也缩不进去一点，可他还在使劲，额头上也渗出了一层细密的汗水。

这时，八戒恨不得自己能化为一股空气、一团黑暗，甚至一条蛆，好赶紧爬走！

但那木头美人继续往这里走，似乎意识到八戒想跑，所以有些小心翼翼地问："是你吧，卞庄？"

不知为何，她的声音里开始带着一点颤抖。

"我不是！你不要过来！"八戒的声音也有些抖。

她快步往前走了两步，急切地说："卞庄，真的是你吗？！"

"不要过来！"八戒小声呵斥道，"我不是卞庄！你这人怎么回事！"

"卞庄，你不记得我了吗？我是……"她似乎被八戒的呵斥声吓到了，话没说完，也没敢继续往前走，就站在原地看着八戒。

"你是嫦娥，我还是吴刚呢！"八戒想说个笑话，然后让她赶紧走。但不知为何，笑话倒是很贴切，但声音却抖得厉害。

木头美人笑了起来，说："你还是那么笨啊，我还没自报家门呢。"

八戒顿时愣住了，被一种大祸临头的感觉死死地笼罩着。

木头美人的笑容慢慢散去，站在月光下，看着八戒所在的那团阴影。

"你为什么不想见我？是因为还记恨着我吗？不是你让我那么做的吗？"

没有回答。

"要是你还恨我，那我今天就死在你面前，也算报答过你了……"

还是没有回答。

木头美人开始装模作样地四处找东西——她要死在八戒面前。"没……没恨过……"八戒还是被带了节奏。

- 225 -

"那你为什么不想见我？"

还是沉默。

"你知道我来一次有多不容易？你知道我只能在这里待多久？我想见你难道有错？"

实际上，八戒慌乱得无以复加，但他依然选择沉默。

突然，她似乎意识到了什么，说："是不是因为你这世投了猪胎，所以不敢出来见我？"

八戒依旧不说话，只是继续拼命地往阴影里躲。

她站在月光下，继续说："我刚上月宫时，化身为一只金蟾……说得好听，什么金蟾，也就是一只金色的癞蛤蟆而已。后来世人为了避讳，都不再提此事。但别人都不提我就会忘记吗？那时你并没有嫌弃我，依旧常常来看我、陪我。广寒宫寒冷寂寞，只有你来时，我才会开心……"

八戒低着头，似乎也陷入了很久很久以前的回忆中，但他依旧躲在阴影里。

"你太过分了，卞庄。我告诉你，你太过分了！我变成癞蛤蟆时被你看到了，你变成猪就不肯给我看了？！卞庄，你太过分了！"

阴影里依旧一片沉默，她的表情变得悲伤起来。

"我看过天庭密藏的《众仙因果大录》了……"

八戒抖了一下。

"我已知道，你变成现在这样，是因为当年在我奔月时你暗中推了我一把。当年你让我诬陷你，还不肯告诉我原因，出于对你的信任，我照做了……"

"不这样，我们都会死……"八戒苦涩地说道。

"但你怎么知道我不想跟你一起死！"她终于控制不住地开始哭泣。她低着头，捂着脸，边哭边说："你太过分了！你不信任我！但我会永远信任你，永远爱你！"

阴影中的人动了动。她放下捂着脸的手，毅然决然地向八戒所在的阴影走去，八戒没再出言阻止。然后她把手伸进浓浓的黑暗里，把八戒慢慢拉了出来。

尽管早已有了心理准备，但八戒出现在月光下时，她还是吓了一跳。但接下来的表情却不是嫌弃和害怕，而是心疼。她缓缓地伸出手去抚摸八戒那张丑陋的猪脸。

一轮圆月挂在天边。

濯垢泉最高的屋檐上，八戒和嫦娥坐在那里看月亮。

嫦娥靠在八戒身上，从口袋里掏出一条手帕，温柔地擦掉了八戒嘴角上吃完晚饭后没有擦掉的一块污渍，小声地说："不是我说你，当年你是多了不起的天蓬元帅，现在就算投了猪胎，怎么搞得这么邋遢？这些年你真的过得太随便了，就不知道对自己好一点吗？"

夜色里传来八戒憨憨的笑声，他说："这几年是过得有点随便，主要是因为被从天上扔下来后，我总想着今后无论再遇见谁，都不会再遇见你了！"

第二十二章

都死了

深夜的花石桥镇安安静静，街上没几个人。有几间店铺开着门，往黑暗的大街上洒出一大片光亮，老板们或躺在竹躺椅上或坐在小凳子上，在街边乘凉。

沙僧不想走得太快，引起别人的注意，所以有意放慢了脚步，悠闲地走在出镇子的路上。走着走着，他觉得这样也挺好。那几件僧衣，上午都抓紧洗完晾出去了，回去也没事做，所以出了花石桥镇后，尽管路上一个人也没有，沙僧仍然不急不慢地背着手往回溜达。

从花石桥镇到灌垢泉的路并不是太远，以沙僧的脚力，最多也就走二十分钟。

大马路两边都有路灯，不过是很老的那种，直接装在路两边的电线杆上。路灯质量也不是太好，发出来的光很昏黄，还带着很多波纹。两根电线杆间隔很远，走在这样的路灯下，像是从一团发光的蒲公英走向另一团发光的蒲公英。

沙僧从花石桥镇出来后就一直在数电线杆，想看看这条路上一共有多少电线杆。数到第二十六根时，他突然看见大师兄蹲在电线杆下抽烟，金箍棒斜靠在肩上。

沙僧有点奇怪，喊了一声："大师兄？"接着又问，"是不是师父让你来接我？"

"嗯……"蹲着的悟空含糊不清地回答了一声。

沙僧站住了，说："那我们一起回去？"

悟空杵着金箍棒站起来，把烟头往地上一扔，用脚踩灭了。

他并没有到沙僧这边来，反而对沙僧挥了挥手说："师弟，你过来一下，我有事问你。"

沙僧皱了皱眉，总觉得今天的大师兄有点不一样。以前大师兄话也不多，但心里还是在乎师弟们的，至少能让师弟们觉得大家是一伙的。而今天的大师兄似乎非常陌生。

沙僧走近了，问："大师兄，什么事？"

"我就问你，小黄，就是那个大先生啊，能不能不杀？"悟空开门见山地说。

沙僧的眉头皱得更深了，他迟疑地问："是师父告诉你的吗？不对，是小八老师告诉你的吗？"

"你别管是谁告诉我的，我就问你一句，小黄能不能不杀？"

沙僧迟疑了好一会儿，然后说："杀还是不杀，我说了不算，得小二子定才行。"

悟空极其烦躁地吸了一下鼻子，说："他姐姐的事我知道了，但毕竟不是小黄亲自动的手，而且他到现在都不知道这件事呢。"

"大先生确实不知道这件事，但事已经发生了，而且是他默许手下干的，这笔账还是得算到他头上啊。"沙僧说。

悟空又烦躁地用手擦了擦鼻子，说："要这样说的话，你亲手杀的人可不少，师父都被你亲手杀了九次，师父也没杀你啊。"

沙僧一听，正色道："如果有被我伤害过的人要我偿命，或者师父要我这条命，那他们随时都可以拿走。"

沙僧再次觉得今天的大师兄跟以前很不一样，但到底哪里不一样又说不上来……似乎是对一切都毫不在乎。悟空低头咬起了左手大拇指的指甲，眼睛盯着沙僧，表情似乎有点为难。这时沙僧才注意到，大师兄的左手戴满了五颜六色的戒指，中指上还戴了两个，这些五颜六色的戒指都在微微发光。

悟空放下左手，飞快地吸了一下鼻子，似乎想通了什么，说："你的意思是，我马上去把小二子全家都杀了，小黄就不用死了，对吗？毕竟，这样就没有人来找他偿命了。"

以前的沙僧绝不相信大师兄会做这种事，最多会以为他这样是在吓唬自己，但是今天不知道为什么，沙僧觉得自己只要稍微犹豫一下，大师兄马上就会去杀人。

"不行！"沙僧斩钉截铁地说，"谁想动小二子，除非先杀了我。"

同时，沙僧心里非常奇怪，为什么大师兄一定要保护大先生？这可和他前几天说的一点都不一样，当时大师兄可是说，不管是谁做了坏事他都会出手的啊。

然而让沙僧更不敢相信的事情发生了。

对面的大师兄突然暴起，举起杵着的金箍棒，当头给了沙僧一棒。

沙僧没有反应过来，金箍棒正正地砸在他的头上，他的脑门立刻就凹陷下去了。沙僧甚至都听见了自己颅骨骨折的声音，他不可置信地瞪着大师兄，然后缓缓跪倒在地，接着扑通一声趴在了地上。

左手戴满戒指的悟空随手甩了甩金箍棒，看着趴在地上的沙僧说："那么现在我能去杀小二子了？"

他把金箍棒收进了左耳，刚要走时，突然又想到了什么，嘿嘿一笑说："不用去了，你都死了，小二子还能怎么样？"

左手戴满戒指的悟空走进了马路边的黑暗里。

八戒的尸体是小马蜂精发现的。

早晨，小马蜂精例行巡查——就是在濯垢泉到处乱跑时，无意中远远望见濯垢泉最高的房顶上似乎躺着一个人。等跑过去时，就看见八戒仰面朝天地躺在那里，胸前的双手中抓着一个保龄球大小的白色塑料球。

他本以为八戒只是睡着了，还想跟八戒开个玩笑，于是在做好逃跑的准备后,就远远地射了根马蜂刺过去。马蜂刺戳到八戒身上的瞬间小马蜂精就跑开了,然后躲在事先看好的房檐下,等着八戒站起来破口大骂。然而等了一会儿,什么声音都没有听见。

小马蜂精还怕八戒使诈,又等了半天,还是一点反应都没有,他这才觉得事情有些不对。于是他又爬上房檐远远地看了一眼,见八戒连动都没动,于是忍不住跑到八戒身前仔细查看,发现八戒尽管面带微笑,神情安详,似乎睡着了一样,但仔细感觉下却一点妖力都感觉不到。

小精怪们尽管妖力都不高,但因为天赋使然,对妖力的感觉极其敏锐。连他都感觉不到一点妖力,那就说明八戒很可能已经死了!

小马蜂精吓得不轻,马上慌里慌张地跑回去告诉了朱红衣。

朱红衣得知后,也是大吃一惊,立刻赶过来查看,又摸了摸八戒的鼻息——好像是死了!她立刻赶到柳新院,正好看见三藏、悟空和山神老头在吃早饭。事关重大,朱红衣没敢直接说,而是把悟空请了出来,先告诉了悟空。

悟空也没敢跟师父说,赶紧跟着朱红衣先去确认八戒的情况。他摸了摸八戒的鼻息,又摸了摸八戒脖子边的动脉。确定八戒真的死了之后,悟空也愣住了。

妖怪们死后都会化为原形,因此朱红衣和小马蜂精都以为,八戒如果是真死了就会变成一头大猪,却不知道八戒是天蓬元帅投猪胎,原形就是猪头人身。

悟空呆呆地盯着八戒的尸体,脑子里面一片空白。

这时,大先生不知从哪里得到了消息,火急火燎地赶了过来,连睡衣都没来得及换。

悟空发了三四分钟呆,然后伸手去拿八戒胸前的那个白色塑料球。大先生一把抓住了悟空的手,说:"大圣爷爷,猪长老本

- 233 -

就法力无边，也就比您差一点，现在死在这个地方，还抓着这个塑料球，肯定有古怪！您先别摸，我去把兔子们喊来，让他们测一测这到底是什么东西。"

悟空迟疑了下，点点头，继续站在那里。尽管八戒常在师父面前打他的小报告，放坏水，但悟空对这个好吃懒做的师弟还是有感情的，现在他突然死了，悟空实在无法接受。

两只兔子过了好半天才过来。到达现场后，因为兔子不擅长攀爬，所以对八戒死在濯垢泉最高的屋檐上这件事极其不满，一边划拉着两条小短腿往上爬，一边嘀咕道："猪长老死了，叫我们过来有什么用，我们又不是警察。老大一天到晚给我们找麻烦，好像我们时间很多似的……"

等好不容易爬到了屋檐上，看到死在地上的八戒，还有八戒胸前抱着的那个白色塑料球时，两只兔子对望了一眼，眼神中出现了抑制不住的震惊，还带着点压抑不住的兴奋。但因为八戒真的死了，悟空、朱红衣和大先生又都沉痛地站在边上，两只兔子最终控制住了自己，没有欢呼雀跃起来。

两只兔子凑上前仔细打量着那个白色的塑料球，看了好半天后，对视了一眼。

"这个不会是……"单耳兔说。

"我也觉得像！"双耳兔说。

大先生问："是什么？像什么？"

但两只兔子理都不理他们老大，大先生只能悻悻地撇了撇嘴。

双耳兔对单耳兔说："你去把我们前两天才研究出来的那个喷雾和便携式妖力测试仪拿来。"

"为什么是我去？你怎么不去？"

"我是大哥！"双耳兔说。

"我妖力比你高！在妖族，妖力高的才是大哥……"

"现在是什么情况？！你们这是什么样子？！我去拿！你们

两个是大爷！"大先生快疯了，这都什么时候了，他们竟然还在这里为这种事斗嘴。

双耳兔和单耳兔回头看了一眼大先生，又看了看面若冰霜的悟空和朱红衣，总算感觉到在这时争论确实不太合适。

"今晚胡萝卜抱枕给我用……"单耳兔不甘心地说了一句后，没等双耳兔回答，就划拉着两条小短腿费力地爬下屋檐，回去拿设备了。

很快，单耳兔带回来一个黑色的喷雾罐和一台四四方方像收音机一样的仪器。双耳兔接过黑色喷雾罐，对着那个塑料球喷了好多黑色的泡沫，那些泡沫把塑料球覆盖了起来，然后迅速定型，变硬，结成了一层硬壳。单耳兔这才小心地把那只白色塑料球从八戒已经僵硬的手里抠了出来。

接着，两只兔子挖开一小块塑料球上的泡沫，用便携式妖力测试仪对着裸露出来的地方一顿忙碌。

在等妖力测试仪出结果时，单耳兔飞快地跟边上的大先生解释道："罐子里装的是妖力隔绝剂，就是用我们在盘丝洞里发现的那种能吸收妖力的物质做的。我们把那种物质研磨成细粉加到泡沫成型剂里，只要轻轻一喷，无论多强大的妖力都可以立马隔绝。本来我们是想用它制作隔绝妖力的衣服，但后来我们发现，用这个东西隔绝危险的法宝也有奇效。昨天我们还在商量这东西的各种用途呢，没想到今天就用上了。"

朱红衣神情复杂地看了一眼大先生。

刚说完，妖力测试仪就滴滴叫了几声。两只兔子一起凑上去抖着耳朵看了一会儿，然后双耳兔说："没错了，这就是传说中最危险的法宝之一——心愿宝珠。"

"什么法宝？"大先生一听是法宝，眼睛立刻就亮了，"听名字不像什么可怕的法宝啊，难道是完成心愿后就要死？"

单耳兔说："心愿宝珠就是心愿宝珠，它能完成你的心愿，但不会让你死,可能是猪长老的心愿就是死吧。"

"你的心愿才是死!"大先生吓了一跳,飞快地瞥了一眼悟空,然后训斥道。

单耳兔抖了抖耳朵,不解地说:"我的心愿不是死啊。"

双耳兔解释道:"使用心愿宝珠确实需要献祭一条生命,但并不需要献祭使用者的生命。且心愿宝珠最危险的地方不是这个,而是真的能实现许愿者的心愿。"

单耳兔补充道:"反正只要现实里能实现的事情,比如让仇人立刻死掉、让不知道在哪里的人立刻出现在面前,只要不改变世界的一些最基本的准则,就都可以实现。但让死去的人复活,或者穿越到过去、未来这种改变世界基本准则的事,心愿宝珠就完成不了了。如果你的心愿正好是这些事,它也只会创造一个逼真的幻境给你,让你完成心愿。"

"这不是很好的法宝吗?这跟危险有什么关系呢?"大先生开始有点认可兔子们刚刚的说法了——也许八戒的心愿真的是死。但他仍然很不理解兔子的话。

双耳兔抖了抖耳朵说:"危险之处在于,它实现的心愿都是你内心深处真正想完成的心愿,而你内心深处的心愿可能连你自己都不清楚。等到完成后,你才会发现内心深处的心愿对现在的你来说有多可怕。"

单耳兔说:"我记得记载心愿宝珠的古籍上曾说过一个故事。据说很久以前,有一位非常英明神武的君王,在他的统治下,帝国的版图扩大了许多倍,而且人民安居乐业,生活幸福,文治武功都到了极点。

"财富、权势、美女,这位君王都已拥有,但他内心深处总是隐隐约约地觉得不满足,但这时的他已经没什么可追求的了,于是他几乎倾半国之力找到了心愿宝珠。甚至有人献出了自己的生命,让心愿宝珠去实现这位君王内心深处连他自己都不知道的最隐秘的愿望。大先生，你猜这位君王最隐秘的愿望是什么？"

大先生想了想说："难道他还想当玉皇大帝？"

双耳兔翻了个白眼，摇了摇头说："其实这位君王内心最隐秘和最大的愿望，仅仅是能得到自己父亲的一句赏识和称赞。而开疆拓土、人民安居、文治武功这些事，其实都是他父亲的愿望。可以说，这位君王一生做了这么多，仅仅是为了得到他父亲的认可和称赞。可讽刺的是，他当年为了坐上王位，用最卑鄙和最残酷的手段杀害了自己的父亲和所有兄弟姐妹。"

单耳兔说："古籍上说，一切智慧生物最害怕的便是面对自己内心的深渊，而心愿宝珠最可怕的地方就在于让你直面内心的深渊！"

大先生听得直咧嘴，由衷地觉得这法宝真的太可怕了，然后他说："这么厉害的东西怎么是塑料做的？"

双耳兔和单耳兔都翻了个白眼，但单耳兔还是耐心地解释道："所以一开始我们也只是怀疑，不敢确定，毕竟谁也没见过嘛。但刚才测试过了，绝对没有问题！这个不是塑料，只是看起来像罢了。"

突然，小蜻蜓哭哭啼啼地爬上了屋檐来找朱红衣，因为为心愿宝珠献祭了生命的人也找到了——是朱橙新！

朱橙新死了，而那个在老鼠洞里发现的木头美人也不见了。朱红衣脸色惨白，想要立刻去看朱橙新，却被悟空抓住，仔细询问她那个木头美人的外形和样貌。片片拼图一一拼合，悟空瞬间心下了然。

"这个呆子……"

朱红衣离开前，悟空吩咐现场所有人暂时不要将八戒之死告诉三藏。

第二十三章

惊人的猜想

八戒和朱橙新的死其实已经在小范围内传开了，朱红衣她们花了很大的力气才把消息控制住，不再传播。然而很快沙僧的尸体也被人发现了。

早晨进镇子的人发现了沙僧的尸体，然后让给濯垢泉送菜的人带到了濯垢泉。消息传到濯垢泉时，事情已经在花石桥镇传开了。等悟空和大先生赶到时，小八已经到了，他面色苍白，眼睛通红地瞪着悟空和大先生。

悟空没理他，蹲下来仔细地检查着沙僧。沙僧的颅骨被什么重物敲碎了，彻底凹陷了下去，双目圆睁，死不瞑目。

"你在这里假惺惺地查什么呢？我没想到你们两个居然勾搭到了如此地步，连自己的师弟都杀！大圣啊大圣，我以为你是个堂堂正正的君子，没想到你居然做出了这种事！"小八对着悟空咆哮道，他是真把沙僧当成了自己的朋友。

"你失心疯了？！"大先生问小八。其实他也是真心为小八好，怕小八闯祸。万一悟空气急之下给他来一棍子，现场没人救得了他。

"滚！都给我滚！谁再留在这边，马上都打死！"悟空没有理小八，而是转头对着围观的人和妖怪吼道。大家看到冷着脸的悟空似乎马上就要爆发，吓得一哄而散。

"是啊，解决问题的方式就是一棍子打死！你们的办法真好！"小八继续冷嘲热讽道。

"你今天到底怎么说话呢？"大先生问小八，"你平时话多，我们也还是能听懂的,你今天说的话我怎么一句都听不懂?"

"别装了!沙长老难道不是你们打死的吗?!"

"饭可以乱吃,话可不能乱讲!我们什么时候打死沙长老了?"大先生也怒了,这口黑锅他可背不动。

这时,刚得到消息赶到濯垢泉,又急急忙忙赶来这里的小黑到了,他惊讶地看着躺在地上的沙僧,然后对悟空说:"大圣爷爷您节哀,我们一定跟您一起想办法把凶手抓到,给沙长老报仇雪恨。对了,你们在吵什么?"

"小八说,沙长老是我和大圣打死的……"大先生没好气地说。

"啊?"小黑看了看小八,"那得是大圣爷爷得失心疯了,再加上老大你争气有长进了才可能,不然老大你打什么,打辅助啊?"

小黑说完,发现现场的气氛并没有缓和。他看了看悟空,看了看小八,又看了看大先生,惊讶地问小八:"小八老师,你认真的?"

小八说:"沙长老头上的这个伤,很明显就是金箍棒砸的!"

悟空一听这话,看了看小八,又看了看躺在地上死不瞑目的沙僧,在耳朵里掏了掏,随后轻轻一晃,金箍棒瞬间出现在了手里。

大家都吓了一跳,小八更是大喊道:"来!来!对着我头上来!你把我也杀了!我看看你能不能杀尽天下之人!"

大先生和小黑拦在小八面前,说:"大圣爷爷,别冲动啊!事情没搞清楚……"

然而悟空根本没有理他们,而是把金箍棒放在了沙僧的头上,和那个伤口比对了一下——端端正正,严丝合缝。

"你现在还有什么话说?!"小八顿时就疯了。

"我为什么要杀我师弟?"悟空问小八。

"还要我说出来吗?还不是因为他!"小八用手指着大先生。

大先生吓得膝盖一软,差点儿跪地上,然后争辩道:"小八,你太看得起我了。"

"我和沙长老一直在调查小二子姐姐的事,我查到小二子的姐姐最后就是被他的手下当食材买了回去,早就被做成菜后被妖怪吃掉了!这几天沙长老一直在犹豫到底该怎么解决这件事!"

悟空回头冷冷地瞪着大先生,等他解释。

大先生脸色苍白,扑通就跪了下来,说:"我不知道啊!有可能是我手下人做的,这个我没法保证,但我真的不知道呀!我就算要做这事,也不至于在大圣爷爷在这里的时候做啊。"

小黑的脸色也瞬间一片惨白。

小八在边上看着,也不知道他们是演戏还是说真的,于是继续说:"大先生确实不知道这件事,我查得很清楚。但他也确实在放纵手下这么干,可能是因为当食材用的人比较难找。"

悟空没有理跪在地上的大先生,而是看着小八问:"我师弟什么态度?"

小八说:"我跟沙长老一直在商量这事,沙长老的意思是,如何处置大先生要看小二子的态度,另外,他也一直在跟圣僧商量。"

悟空转身冷冷地瞪着跪在地上的大先生,说:"把具体做这件事的人全部找出来,具体怎么处理,最后听师父的,我负责执行。"

大先生的脸色一片死灰。

小八顿时有些摸不着头脑了,他看看躺在地上的沙僧,又回头看了看悟空,然后说:"等等!不对,这事不对。沙长老真不是你杀的?"

悟空没理他。

这时小黑说:"小二子姐姐的事可能是有的,这我也知道,但为什么这么巧?我不是为我们辩解,我就是觉得太巧了。不管最后要怎么处置我们，能不能先让我们戴罪立功，查查背后有什么蹊跷？我们反正也跑不掉，查清楚了，再处置也不迟。就算我们不是好人，也不能放过真正的坏人啊。"

大先生这时也缓过来了，说："如果圣僧要我死，那我没有怨言。但是大圣爷爷，现在这些事太过诡异，你看能不能让我帮着把这些事调查清楚，万一是有人故意陷害我呢？哪怕调查完我还是该死，你那时再杀，我保证绝无怨言！"

悟空看向小八，小八点了点头。

大先生擦了一把额头上的冷汗，然后哆哆嗦嗦地站起来，从口袋里摸出香烟递给悟空一根，悟空迟疑了一下还是接过去了。大先生稍微放心了些，然后扔给小黑一根，又给小八一根，小八没接。

大先生说："事情还不清楚，你先别把我们当敌人，至少现在我们目标是一致的，先把事情搞清楚。沙长老肯定也想找到真凶，对吧？"

小八闻言，脸色缓了缓，接过了烟。

悟空坐到路边的石头上，自己点着了烟吸了一口，只觉得身心俱疲。他的脑子里盘旋着一个问题：怎么跟师父说呢？

大先生凑了过来，但没找到石头，就直接坐在了地上，也抽了一口烟。小八和小黑则蹲在他的旁边。

"小八，不是我批评你，不管遇到什么事情，一定要冷静，冲动解决不了任何事，而且容易被真正的坏人利用！今天要是大圣爷爷跟你一样冲动，成功被你激怒，一棍子就敲死你了。万一，我说万一啊，万一沙长老是被别人害死的，你死得值不值？就算你无所谓，但大圣爷爷的英名却被你毁了，而杀死沙长老的真正凶手依旧逍遥法外！而且你想想，我前面对你的态度确实不好，但是哪句话不是为你好？我要是坏人，我至于这么讨人嫌吗？"

小八黑着脸不吱声，但明显听进去了。

大先生又抽了一口烟，感觉稍微掌控住一点局面了，他抓了抓头，继续说："我们先理一理啊，首先我们假设大圣没有杀沙长老——我申明一下啊，我是一点儿都不信大圣爷爷为了我杀死沙长老的啊，自己几斤几两我心里有数——但沙长老头上的伤痕确实又很像是金箍棒砸出来的……"

这时，悟空突然叹了口气，然后看着大先生、小黑和小八说："实际上，我不确定是不是我杀了我师弟……"

大先生闻言瞪着悟空，眼珠都差点儿爆了出来。小八惊呆了，而小黑则立刻离悟空远了一点。

悟空吸了口烟，抬头看着天，自言自语地说："本来我是不想说的，但现在似乎一切都开始了，我还是先告诉你们，让你们心里有点准备。小黄、小黑，我上次跟你们去盘丝洞时不是分开探洞的吗？我单独行动的时候，在盘丝洞的岔道里看见了……看见了一具尸体。那尸体和我一模一样，只是手上戴了一枚白色的戒指。我开始以为是六耳猕猴，当年没死又追了过来，不知道被谁打死了。但我出来后得知盘丝洞里的时间是混乱的，我就怀疑……怀疑……"

悟空看着天，似乎有什么话难以启齿，但最后他还是嘶哑着嗓子说了出来："我怀疑那具尸体就是我！兔子说过，跨越时间需要的妖力巨大，活物撑不住，因此我怀疑，是不是我从未来回来时没撑住，死在里面了！"

小八、小黑和大先生面面相觑，震惊得说不出话来。

悟空继续哑着嗓子说："我不知道未来发生了什么，我是怎么死的；我也不知道有多少个未来的我回来了，他们是不是有活下来的，他们为什么一定要回来；我也不知道沙师弟是不是被某个从未来回来的我打死的……但我知道的是，这样的未来，应该已经来了！"

中午，小白龙的死讯也传来了。

看管大堂的男仆和小娘们跪了一地。发现小白龙死去的小娘战战兢兢地说："我们一直以为公子和娘娘在睡觉。下午房间里飞进来一只苍蝇落到公子脸上，我去赶时无意间碰到了公子的脸，发现他的脸很凉。然后我就看见边上阿娇姑娘的四个眼睛都看着我……"小娘抖了一下，明显是回忆起了那时的诡异场面，"我就想，既然阿娇姑娘已经醒了，为什么公子和娘娘还没醒呢，就去摸他们的身子，结果发现……发现……发现公子和娘娘的身子早就凉了……"一边被绑在床上的阿娇脸上的眼睛和舌头上的眼睛都在快活地滴溜溜转着，得意地打量着呆呆站立的悟空，和被小娘扶着、几乎站不直的朱红衣，还有脸色极其难看的大先生、小黑、小八等人。

朱红衣绝望地想：为什么每次施展嫁梦这种法术都会死人？一天内收到了二妹和四妹的死讯，她内心的悲伤如山呼海啸一般。而二妹死了，如果处理不好，那么接下来她们就得承受那位大妖的怒火，很可能大家都活不了了。想到这里，向来坚强的朱红衣也有些控制不住地微微颤抖起来。

实在不行大家就都死吧！一瞬间，她有些自暴自弃地想。但想到自己那些还活着的妹妹，她不得不收拢心神，开始拼命思索怎样才能求得一线生机。

第二十四章

另一个悟空

濯垢泉，柳新院。

院子里，三藏坐在蒲团上闭目诵经，悟空则在他背后呆呆地站着。悟空已经站了很久。

"是不是八戒出事了？"三藏突然停下来问。

"师父你怎么知道的？"

"早饭没来，午饭也没来，如果不是出事了，他会不来吃饭？"

悟空沉默了一会儿，说："师父，二师弟死了。"

三藏听见后，点点头，没说话。

迟疑了一会儿，悟空又说："师父，沙师弟也死了。"

三藏的身子微微颤抖了下，还是没说话。

悟空又等了一会儿，特别艰难地说："其实小白龙也……"

三藏的身子微微摇晃，接着，嘴里开始不停地诵经。悟空歪着头听了一会儿，听见师父念的是乌巢禅师传授给他的《心经》。

今天是阴天，有些闷热，微风把沙僧昨天晾在院子里的几件僧衣吹得晃动起来。

三藏突然停止了念诵，呆呆地看着院子里来回摇摆的几件僧衣，然后说："悟净这个徒弟，每次都坚持要给我洗衣，我阻止了他很多次，但他总说'师父的衣服都不洗，还算什么徒弟呢'……"

悟空听得心里难过。

"悟净每次给我洗衣时，八戒那个憨货都偷偷摸摸地把自己的衣服塞过来。悟净跟我抱怨了好几次，我也说过八戒，但八戒就是装傻。后来悟净也不说了，只是默默地帮他洗了。有时八戒忘了送衣服过来，他还会去问……"

三藏微微摇晃着，看看那几件还在摆动的僧衣，有自己的，也有沙僧的，还有一件特别肥大，那是八戒的。

"前段时间，我突然想起来自己前九世被沙僧吃掉的场景，当时我确实很恨他，而且也很怕他，那些场景太可怕了！我本来不想说，最后还是没忍住跟他说了。他也没辩解什么，只说流沙河很冷，他还要时不时忍受百剑穿胸之苦，他说那时他恨一切活着的东西。我这才意识到，其实悟净比我更苦。

"他见我想起来了，就想回流沙河去赎罪。我当时跟他说，只要我还活着，就绝不会让自己的徒弟再回到流沙河那种地方。

"最近一段时间，他明显跟以前不一样了，就好像放下了什么重担。悟空，你有没有感觉到悟净跟以前不一样了？我才刚跟他师徒连心呀，他怎么就死了？"

悟空说："师父，你别说了。"

佛门修行，讲究人生大梦一场，死了就是解脱，本来不该如此悲伤。但今天不知为何，三藏佛心震动，再这样下去，悟空很担心师父会入了魔道。

"悟空，你别劝我。我想说。说出来我心里会好过一些。

"八戒，我确实偏爱这个徒弟一些。

"悟空你也别介意。几个徒弟里，我当然知道你本事最大，而且任劳任怨。八戒呢，本事也不低，却总是偷懒耍滑，又贪嘴好色。但八戒是你们所有徒弟中最有人性的一个。也不知他怎么想的，好不容易攒了点私房钱，藏在他的大耳朵里，还被你骗去了。"三藏突然笑了一下。

悟空也笑了笑，说："师父，这你也知道。"

"他专门跑来找我告状的！还在我面前假哭了半天。"三藏又笑了笑，然后他问悟空，"八戒怎么死的？"

悟空就把自己看到的、听到的和猜测的都说了一遍。

三藏叹息着说："天蓬元帅，总是看不破情之一字。太有人性，一个有情人也算死得其所了。"

"小白龙这孩子，看起来出身豪门，但其实也是个苦孩子。"三藏絮絮叨叨的，又说到了小白龙。

"家族在他身上寄托了太大的希望，他背负的担子太重了。这担子时时刻刻都压得他喘不过气来。什么烧了殿上明珠？龙族的那点小把戏连我都看得清清楚楚，他们想骗谁？所以天上那位也没惯着，直接让他做了匹马！这孩子，说到底还是老实啊，加在整个龙族身上的屈辱，他就自个儿默默地吞下去了，做马也都压着性子，勤勤恳恳。每次他都师兄师兄地喊你们，而我实际上连个法号也没给他。每次我喊你们的法号时，就看到这孩子神色复杂。悟空，其实不是我不想给他法号，而是因为，我总觉得这孩子最好的归宿不是佛门，也不应该介入到权力斗争那些脏东西里面。

"这孩子，估计这一生，连一天自己想过的日子都没过过……"
"心比天高，命比纸薄……"

说到这里，三藏突然呕出一口血来。

"师父！"悟空上前一步扶住师父，然后说，"师父你别急，他们的魂魄应该还在，我去找找师弟他们的魂魄。如果找到的话，我就豁出去了！就算是抢，我也要抢回三颗老君的还魂丹，让他们都活过来！"

三藏问："能行吗？"

"能行的，师父你放心，我马上就去。"

"好！悟空，好！去救救你的师弟们。"

深夜。

盘丝岭上，悟空长长地叹了一口气，然后蹲在了地上。

刚刚，他几乎把所有的办法都用尽了，但依旧找不到师弟们的魂魄，就像濯垢泉那些四十岁就死去的人一样，他们的魂魄都不见了。

悟空不知道该怎么回去面对师父。

他蹲在地上，身子蜷缩起来，头深深地垂在两膝之间，似乎有什么很沉重的东西压在身上，他也要扛不住了。

"嘶……"对面突然传来了烟草燃烧的细微响声。

什么人能靠这么近都没被他发现？悟空大吃一惊，猛地抬头，接着他就愣住了。过了一会儿，他怔怔地问道："你到底是谁？"

在他对面也蹲着一个悟空，跟他一模一样。

那个悟空的左手无名指上，有一枚粉色的戒指在隐隐发光。

《西游密档》第一部　完
敬请期待　第二部

捧读文化
触及身心的阅读

出 品 人	张进步　程　碧
责任编辑	徐楚韵
特约编辑	张浩淼
封面插画	李　爻
封面设计	莫意闲书装
内文排版	张晓冉